Bodo Dringenberg

Mord auf dem Wilhelmstein

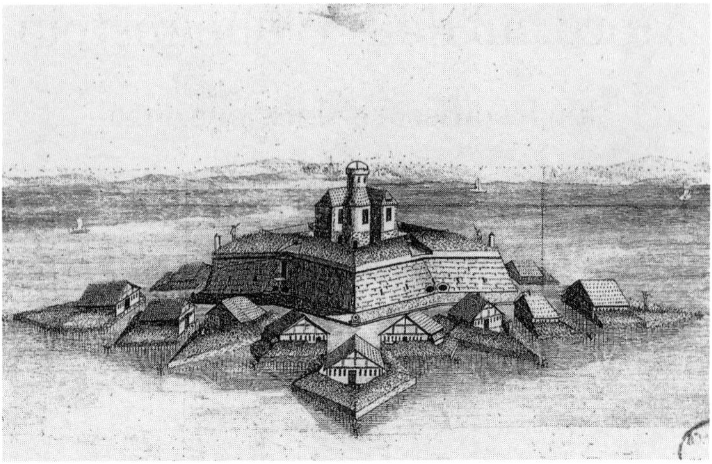

Ausschnitt aus »Der Wilhelmstein im Steinhuder See«
Stich von Strack/Tischbein, 1787
Aus: Journal von und für Deutschland, 1788

Bodo Dringenberg

Mord auf dem Wilhelmstein

Ein historischer Kriminalroman

ZU KLAMPEN!
Edition Postskriptum

Herausgegeben von Susanne Mischke

Für Anneke

info@zuklampen.de · www.zuklampen.de

Umschlag: Matthias Vogel (paramikron), Hannover,
unter Verwendung eines Fotos von Heiko Höhn – Fotolia
Satz: thielenVERLAGSBÜRO, Hannover
(Gesetzt aus der Linotype Basilia)
Druck: Clausen & Bosse, Leck

ISBN 978-3-933156-92-1

Bibliografische Information Der Deutschen Bibliothek
Die Deutsche Bibliothek verzeichnet diese Publikation in der Deutschen Nationalbibliografie; detaillierte bibliografische Daten sind im Internet über ‹http://dnb.ddb.de› abrufbar.

1790

7. Januar 1790. Diese Nacht ist grausam. Böen; schwerer, eisiger Regen – ein teuflisches Treiben, ein Wetter wie aus einem Guß. Aber trefflich für ihn und sein Vorhaben. Er blickt sich um. Hier draußen auf dem Wilhelmstein ist sonst keiner, will keiner sein. Die Festungswache hockt außer Sicht im Eingangsgewölbe der Sternschanze. In den Baracken der Außenwerke liegen die wachfreien Soldaten auf ihren Pritschen, einige essen noch heißen Grützbrei mit Käse oder Erbsenkost, andere würfeln bei warmem, dünnem Bier. Alle suchen sich vor dieser besonders unwirtlichen Inselnacht zu schützen.

Aber Major Rottmann wird trotz aller Widrigkeiten und Finsternis gleich zur zweiten Courtine gelangen, »um mir die Beine zu vertreten«, wie er immer sagt. Wenn der Kommandant nachts noch zu diesem Außenwerk mit dem Häuschen will, so heißt das nichts anderes, als sich mit Rotwein einzudecken. »Um mir die Beine zu vertreten« läuft exakt darauf hinaus, sich eine Flasche aus dem Offiziersspeisezimmer auszusuchen und in seine Stube oben im »Schlößchen« auf der Sternschanze zu schaffen. Seinem Leibdiener Dacke ist bei diesem Satz klar, daß er nun Feierabend hat. Der Major gilt als Weinkenner und -kipper. Fast seine sämtlichen Einkünfte hat er in die Beschaffung und Lagerung eines ausdifferenzierten Rot- und Weißweinsortiments gesteckt. Das ist allgemein bekannt und von einigen durchaus geschätzt, da der alte Herr der Inselfestung immer mal wieder andere Verkoster am Inhalt seiner Bouteillen partizipieren läßt. Die alltäglicheren bis gehobenen Sorten hat Major Rottmann in einem dunklen Verschlag der Offiziersmesse untergebracht, gesichert durch ein ordinäres Vorhängeschloß. Die feinsten und rarsten Bouteillen lagern in einer kleinen, verschließbaren Kaverne tief unten in der Festung, gesichert mit einem schweren Kastenschloß. Von dieser gleichbleibend temperierten Schatzkammer etwas unterhalb des Seespiegels besitzt Major Rottmann allein den Schlüssel, den er immer am Leibe trägt. Nie hat er diesen in den letzten Jahren einem anderen ausgehändigt, so daß sich um den Schlüssel und die tiefliegende Weinschatzkammer einige Gerüchte ranken. Da aber heute kein besonderer Tag ist, wird Rottmann, wie jedermann auf dem Wilhelmstein weiß, zur Abendzeit den Weg hierher nehmen. Ihn hier zu treffen, ist also eine todsichere Sache. Auf einmal scheint es dem Wartenden, als ob seitlich von ihm ein Schatten an der Festungsmauer vorbeihusche. Er wendet seinen Kopf und starrt angespannt zur Sternschanze. Doch da ist nichts als dunkelstes Tosen. Ach, das wird nur ein Phantom, ein regensatter Windstoß gewesen sein. Alle Uniformträger sind gewiß samt und sonders drin und froh, nicht hinaus zu müssen. Alle, bis auf den einen, und der wird kommen, gleich.

Als er ein Licht langsam auf sich zuschwanken sieht, drückt sich der Lauernde noch dichter an das Fachwerk des Inselhäuschens. Erst als der Major fast vor ihm steht, tritt er aus der Nachtschwärze in den trüb-gelblichen Schein.

»He, wer da? Ist Er es – seid Ihr es?« trifft ihn der kratzige Bariton des Majors.

»Ich bin's, Herr Major; seht mich nur an!«

Der hebt die Laterne, so daß im schwefelfarbenen Geflacker sein feuchtes, wüst-faltiges Gesicht und das seines Gegenübers erscheint. Mit einer plötzlichen Bewegung bringt dieser seine rechte Hand, die er bisher hinter dem Rücken gehalten hat, nach vorn. Das Letzte, was der schwankende Rottmann sieht, ist ein dickes Kantholz, das seitlich mit explodierendem Schatten auf seinen Kopf zurast und eine erstaunliche Dunkelheit stiftet. Der Major dreht sich halb und sackt mit einem rasselnden Grunzen auf den Brückenbrettern zusammen. Der Niedergeschlagene hält immer noch mit der Linken den Laternenhenkel umklammert und hat kurioserweise die Leuchte noch im Fallen sauber auf das glitschige Holz abgestellt. Ein dünnes Blutrinnsal an den Schläfen ist im Schein der unbeschädigten Leuchte zu sehen. Der Täter bemerkt, wie der bäuchlings liegende Körper seines Opfers zittert, als ob jemand an ihm rüttelt. Er registriert, wie dessen rechter Arm sich noch seitlich auf die Brückenkante zubewegt, sieht die Hand ein wenig wedeln und dann abgeklappt über dem Wasserspiegel hängen.

Der erfolgreiche Totschläger ist von Frohlocken fast geschüttelt und zugleich fühlt er noch einen Hauch von Entsetzen in sich. Etwas Drittes aber scheint das Kommando über sein Handeln zu haben. Das bringt ihn dazu, mehrfach mit dem blutigen Kantholz über die blutige Schläfe seines Opfers zu wischen, dann mit dem Mordinstrument über das hölzerne Geländer zu streichen, besonders unterhalb des Balkens. Anschließend entwindet er Rottmann die Laterne und stellt sie auf den Schlammboden der ersten Courtine. Er spuckt aus, wirft alsdann mit voller Kraft das kantige Holz linkerhand ins Dunkel, Richtung Hagenburg. Im windgepeitschten Regenguß hört er gar nichts von dessen Eintauchen ins kabbelige Gewässer. Er schreitet zurück auf die Planken, um den uniformverpackten Leib an den bestiefelten Füßen zu packen, ihn ganz dicht an den Brückenrand zu zerren. Er sieht den Major noch einmal an, tastet prüfend dessen Oberkleider ab und schüttelt ärgerlich den

Kopf. Mit einer Hand faßt er den eckigen Geländerbalken des Stegs und stößt den erlegten Festungskommandanten mit mehreren heftigen Tritten ins Steinhuder Meer.

Das dumpfe Aufklatschen des Entseelten ist selbst für seinen Mörder kaum vernehmbar. Rottman, anfangs dank luftgeblähter Uniform vom Seegang noch leicht geschaukelt, versinkt innerhalb weniger Augenblicke, nachdem sich seine Kleidung voll Wasser gesogen hat. Nur der Dreispitz des Kommandanten wackelt, mit der Krempe nach oben, sturmgetrieben wie ein Schiffchen und dennoch gemächlich aus dem Gesichtskreis des ihm Nachblickenden.

»So, nun ist er hin, dieser versoffene Major, ruht blutigrot im braunen Wasser, aber rote und braune Flüssigkeiten waren sowieso sein Lieblingselement. Er ist mal wieder ausgeglitten und aufs Maul gefallen, nichts Neues, alle kennen das von ihm. Aber diesmal ist er eben auf den scharfkantigen Geländerbalken gekracht, sauber mit der Schläfe aufgeschlagen und dann ins Wasser gerutscht wie ein Schlitten. Hier draußen ist zwar keiner außer mir, aber man wird ihn bald vermissen und dann gibt's Alarm. Sauf weiter, Rottmann, besauf dich am Steinhuder Meer! Oder treib mit der Strömung weg, bis du im Schlamm liegst, bis die Aale dein marodes Hirn verspeisen. Bon appetit! wie du sagen würdest, und adieu, du verkommenes Nachtmahr dieser Insel!«

Er blickt sich prüfend nach allen Seiten um, zieht seine Kleidung zurecht, drückt seine Kopfbedeckung wieder fest auf seinen Schädel, geht zurück, um die Laterne zu holen, sie im weiten Bogen ins Wasser zu schleudern und eilt dann über die Brücke in nördliche Richtung an der Sternschanze vorbei. Es läuft alles wie geplant. Trotz der eisigen Nässe, die nun schon durch einigen Stellen seines Rocks in seine Haut beißt, ist er guter Dinge. Er freut sich auf etwas Heißes, das er später zu sich nehmen wird.

Zwei fackelbewehrte Grenadiere treten aus dem kleinen flachen Haus, das auf der winzigen Courtine steht, einer dieser Inselchen, die schützend und ergänzend um die Hauptinsel mit der Sternschanze angelegt worden sind. Sie verharren, eng an die Hauswand geschmiegt.

»Vermaledeites Dreckswetter, heute wieder, nichwah.«

»Wo sollen wir eigentlich suchen? Wo steckt denn unser Kommandant?«

»War der denn überhaupt beim Abendessen hier?«

»Das Abendmahl hat der doch noch nie versäumt, egal in welchem Zustand.«

»Und wenn es gebratenen Aal mit grünem Kohl gibt, so wie heute, ist der immer auf den Punkt am Tisch präsent, nichwah.«

»Gebratener Aal? Ach nee, das ist es nu man nicht, worauf ich so einen Jieper hätte. Aal in Dillsoße, das ist was anderes, das ist wirklich lecker. Mit so 'n paar frischen, gerade aus dem Wasser gezogenen Aalen. Deen' wird die Haut abgezogen, dann werden sie hübsch fingerlang geschnitten und in Wasser so'n büschen gekocht. Ordentlich gesalzen, gepfeffert, ein paar Zwiebelhälften rein und natürlich Lorbeerblätter, versteht sich. Ja, und dann, Karl, dann kommt's ...«

»Mir kommt's auch gleich! Ihr faulen Kerls! Was sabbelt ihr hier 'rum! Ihr seid nicht in der Bückeburger Schloßküche, sondern in einer Festung, und ihr sollt euern Kommandanten suchen, Kerls. Aber nun hopp, hopp!«

Bereits vor etwa zwanzig Minuten hat sie der Stellvertreter des Kommandanten in die eisig-wehende Brühe auf der Insel hinausgejagt. Sie sollten den Major suchen – sie haben ihn im Offiziersspeisezimmer gesucht, nicht gefunden und sich erst einmal im Schutz des Häuschens postiert. Fähnrich Windt weist die beiden Grenadiere lautstark an, sofort alle 16 Außenwerke genauestens zu inspizieren und auch deren Uferbereich mit den Fackeln gründlich auszuleuchten. Dann eilt der Fähnrich zur Sternschanze zurück und nimmt sich den Wachhabenden vor, der nur hervorstößt: »Melde keine besonderen Vorkommnisse, Herr Fähnrich.«

Angeblich habe der Wachhabende am Festungszugang, Sergeant Cauhlenfeld, nur gesehen wie Major Rottmann hinausgegangen sei. »Der Herr Major hat vor etwa einer Stunde, so gegen sechs, die Sternschanze verlassen. Der Herr Major, hat sich, mit Verlaub, wie mir schien, nicht ganz wohl befunden, als er meinen Posten passierte, Herr Fähnrich. Aber zurückgekommen ist er nicht, der Herr Major.«

»Vielleicht haben Sie auch geschlafen, Sergeant Cauhlenfeld, als der Major wieder zurückgekehrt ist. Wir werden das überprüfen, Sergeant. Sie wissen, was nach dem Reglement auf einem Wachvergehen steht.«

»Meine beiden Wachsoldaten können das bezeugen, Herr Fähnrich, ich war allzeit wach und auf dem Posten.«

»Sie bleiben hier, Sergeant, ihre beiden Kanoniere schikken sie hoch ins Schlößchen, und wenn da nichts ist, sollen die runter in die Kasematten gehen. Dort werden noch einmal die Zellen der Gefangenen genauestens inspiziert. Besonderes Augenmerk auf die Schlösser der Verließe legen!«

Die beiden Kanoniere sehen in der Offizierswohnung oben im Schlößchen nach, klopfen an. Nichts. Die Tür steht offen. Kein Major da, nur sein Leibdiener Dacke döst in seiner Kammer mit einem Buch auf dem Bauch vor sich hin. Sie sehen durch ein Fenster nach unten auf die regengepeitschte Mauer. Draußen, neben einem Geschütz, steht Kanonier Mammwah wie befohlen Posten. Einer fragt ihn von oben mit lautester Stimme nach dem Major. »War nicht hier, hab' ich nicht gesehen«, heißt die gebrüllte Antwort des Schwarzen. Runter in die Festung, durch die dunkel-dumpfen Kasematten. Dort gibt es nichts Auffälliges, auch ist Rottmanns Kaverne wohlverschlossen. Nur die acht Häftlinge und Arrestanten fahren von den Pritschen hoch, wundern sich über den Lärm und die offensichtliche Nervosität, mit welcher der Einschluß kontrolliert wird. Die Soldaten melden in der Wachstube: kein Major, sonst keine besonderen Vorkommnisse. Der Sergeant und die Kanoniere sind beunruhigt. Fähnrich Windt kommt kurz danach zurück, blaß und naß und gibt allgemeinen Alarm. Er und die Wache treiben die gesamte Besatzung von den Pritschen, lassen den Wilhelmstein und seine 16 Inselchen um ihn herum noch einmal absuchen. Diesmal legen sie besondere Aufmerksamkeit auf die Innenräume, die Soldaten- und Unteroffiziersquartiere inklusive aller Kammern, Verschläge, Truhen und Schränke, wecken auch die Unteroffiziere und ihre Frauen. Die junge Frau Unteroffizier Kaspereits ist allein in ihrem Häuschen und scheint noch nicht geschlafen zu haben. Sie empfängt den suchenden Fähnrich mit einer Mischung aus Verlegenheit und Empörung, verabschiedet ihn dann aber mit freundlicher Erleichterung.

Einer der beiden Grenadiere, die der Fähnrich zunächst allein zur Suche nach dem Major losgeschickt hat, schwenkt plötzlich seine Fackel. Er hat in etwas Klebriges gefaßt, flucht, keucht und brüllt durch das Tosen von Wind und Regen: »Hier ist Blut, hier am Geländer der Holzbrükke! Ruft den Fähnrich her!«

Einer der auf dem Wilhelmstein herumwuselnden Soldaten rennt mit wehenden Rockschößen heran und macht halt bei seinem Kameraden, der gestikulierend auf den glitschigen Brettern steht, die Courtine 1 mit Courtine 2 verbinden. »Laß man, nichts weiter anfassen, bis der Fähnrich hier ist. Sonst belfert der bloß wieder los«, sagt er halblaut und schreit dann: »Alle Mann hier herüber, wir brauchen noch mehr Fackeln – und den Fähnrich holen, schnell, der Major muß hier irgendwo im Wasser liegen!«

Dem anderen Grenadier fällt auf, daß sein Kamerad diesmal vor Aufregung sogar sein chronisches »nichwah« am Satzende weggelassen hat. Der muß schon sehr in Rage sein, wenn er sich so vergißt, denkt er. Schon eine Minute später kommt Fähnrich Windt im Eilmarsch angestiefelt, im Gefolge vier weitere regengepeitschte Soldaten und den Sergeanten. Der Fähnrich hält vor dem kantigen Brückengeländer inne, kniet sich hin und begutachtet im tanzenden Schein von acht Fackeln das Geländer. Nach kurzem Nachdenken sagt er: »Blut, tatsächlich, kein Zweifel. Sergeant Cauhlenfeld, nehmen Sie sich sofort vier Mann, ein Boot, eine lange Stange zum Stochern und drei Hakenstangen. Rudern Sie hierher und suchen Sie den Grund ab. Allez, allez, das muß sofort passieren, damit uns der Tote nicht noch raustreibt.«

In der blassen Mittagssonne einer kurzen Regenpause lehnte ein kräftig gähnender Soldat auf einem großen Kanonenrohr. Sein Blick glitt vom Gemäuer der Sternschanze über die Außenwerke der Festung, über die kaum eine Strömung verratende Wasseroberfläche hinüber nach Hagenburg. In Augenhöhe des Kanoniers schwebte etwas Dunkles heran und verschwand wieder flügelschlagend aus seinem Blickfeld. Eine Amsel. Er schüttelte den Kopf über diese Inseleigentümlichkeit. Denn jetzt, bei böigem Nordwestwind, trieben die die Insel beflatternden Amseln sehr gekonnt im seitlichen Flug vorbei, eine Art Wilhelmsteiner Krebsflug. Von einem Singvogel hatte er so was nur hier bemerkt. Es ist eine Flugtechnik, die offensichtlich an diesem Ort irgendwie von Amsel zu Amsel weitergegeben wird, vermutete der Kanonier Mammwah. Er schaute nach oben, zur Spitze des Türmchens, wo die leicht zerfranste Fahne kurz heftig flatterte und Wellen schlug. Nur mühsam waren selbst bei nun nachlassendem Wind die lippische Rose und das Monogramm Graf Wilhelms auf dem ausgeblichenen Stoff zu erkennen. Dann senkte sich der Kopf des Soldaten wieder, nicht aus Müdigkeit, sondern aus steter Neugier. Bestimmt zum dreißigsten Mal versuchte er die Inschrift auf dem Geschütz unter ihm vollständig zu verstehen. Da stand, soweit er seinen Lesekünsten trauen konnte: »Friederich Ludwig Meier fecit 1762«. Bloß was hieß das genau, was bedeutete das komische deutsche Wort »fecit«?

Zwar sprach er Portugiesisch und ein besseres Hochdeutsch als die meisten seiner Kameraden – aber dieses »fecit«? Was sollte das nun wieder heißen. Er hatte Monate gebraucht, um die einheimischen Mundarten der Schaumburg-Lipper und umliegender Gebiete einigermaßen zu verstehen. Aber dieses Wort – wie es überhaupt aussprechen »fekit, fezit oder feschit«? – auf dem Geschütz war ihm ein Rätsel und Spekulationsobjekt geblieben.

In dieser Kanone, einem schlanken eisernen Sechspfünder, hoppste unterdessen ein Sperling gemächlich mal in die Tiefe des Rohres, mal schaute er kurz mit schrägem Kopf aus der Mündung, um gleich wieder kehrt zu machen. Als sich der Kanonier neugierig und erneut gähnend zur Kanonenöffnung hinabbeugte, tschilpte der Vogel noch einmal und flatterte behäbig nach unten auf den Boden, um den uniformierten Störer von dort mit seitlich geneigtem Köpfchen zu betrachten.

»Na, du hast aber Nerven, kleiner Körnerdieb«, murmelte der dunkelhäutige Artillerist Mammwah, froh über die kleine Abwechselung, während er den Sonnenschein genoß. So konnte man es gut aushalten auf dieser sand- und backsteinstrotzenden Festung im bräunlichen See.

Graf Wilhelm, großer Herr und hoher Freund, wie es hier ist in deinem Land, hab' ich im Süden nicht geglaubt, dachte Mammwah kopfschüttelnd. Doch du bist tot und ich lebe immer noch, habe meine peinigende afrikanische Heimat, meinen portugiesischen Söldnerdienst und nun auch die grausigste Kälte und Dunkelheit auf dem Wilhelmstein überstanden, wie auch immer. »Soldaten schonen / ihre Kanonen«, trällerte der mehr schokoladen- als milchkaffeefarbene Mammwah vor sich hin, als der Spatz seine Besichtigungstour beendete und tschilpend davonflatterte.

Mammwah blickte über die Mauer tiefer nach unten. Er lächelte amüsiert. Da drunten, nur einige Ellen entfernt, gab es noch etwas tierisch Anmutendes zu betrachten. Ähnliches hatte er schon als kleiner Knabe gesehen, dort wo die großen Gras- und Buschflächen in die mageren und oft trokkenen Savannen übergingen. Da unten auf dem Rundgang wachte Grenadier Münzer in vorbildlicher Manier über den Wilhelmstein wie ein Erdmännchen. In seinem blauen Rock mit blauen Aufschlägen, dazu einem weißes Kamisol und einer ebenso weißen Hose, den Kopf verlängert mit einer hohen spitzen Grenadiermütze hob er sich allerdings sehr von seiner grauen Umgebung ab. Münzer hatte sein fast kinnloses, von schlimmer Bartflechte überwuchertes Haupt mit langer stumpfspitziger Nase vorgestreckt, seine tiefliegenden Augen stierten geradeaus. In seiner aufmerksamen Starrheit wirkte er komisch und rührend zugleich, wie er so auf seinen Hinterbeinen stand – eben wie ein Erdmännchen auf Wache. Ja, tatsächlich, wie ein Erdmännchen in den Savannen Angolas. Ob Grenadier Münzer allerdings wie diese geselligen Tierchen seine Ohren verschließen könnte, das glaubte Mammwah nun doch nicht.

Aus seinem Feldzug und der erfolgreichen Heeres-Reorganisation in Portugal hatte Graf Wilhelm ihn, den dunkelhäutigen Soldaten, einen sogenannten Mauren, mitgebracht. Schon beim Begriff »Maure« lagen alle schief. Mammwah war nie ein Mohammedaner gewesen, sondern von katholischen Missionaren aus Angola nach Portugal mitgenommen worden. Der ungewöhnlich lernfähige und lernbegierige Junge vermochte in kürzester Zeit Portugiesisch zu sprechen und etwas später auch lesen und schreiben. Der Knabe war nun aber nicht auf dem Weg, ein Geistlicher zu werden, was ihn völlig faszinierte, war das Militär.

Besonders angetan hatten es ihm die Feuer und Verderben speienden Rohre, mit denen aus großer Distanz dicke Palisaden und Mauern an einer anvisierten Stelle zerlegt werden konnten. Er hatte als schon sehr großer und kräftiger Zwölfjähriger im Troß einer kleinen portugiesischen Feldartillerie-Einheit eifrig alle möglichen Tätigkeiten verrichtet. Nebenbei hatte er sich die Grundbegriffe der Ballistik erklären lassen und mit Steinen, mal flach, mal in hohem Bogen, versucht, Ziele am Boden oder an Wänden zu treffen. Unablässig hatte er dabei darauf gedrungen, endlich als Kanonier aufgenommen zu werden. Mit 15 Jahren war er, zunächst als Ladekanonier, ordentlicher Soldat geworden. Im Herbst 1762, in einem überraschenden Scharmützel mit ein paar hundert spanischen Infanteristen, war er an seinem Feldgeschütz, einem Sechspfünder, als einziger einsatzfähig geblieben. Während neben ihm die verbliebenen Infanteristen der Bedeckung versuchten, die herankommenden Spanier auf Abstand zu halten, hatte er flink und gelassen allein das Rohr geputzt, es geladen, gerichtet und abgefeuert. Graf Wilhelm, der mit einem großen Schwarm Kavallerie herbeigaloppiert war, um die Lükke in den portugiesischen Reihen zu stopfen, war auf den schwarzen, unbeeindruckt feuernden Soldaten aufmerksam geworden. Dieser wiederum hatte – nun doch mit Herzklopfen – die Anwesenheit des Oberkommandierenden wahrgenommen. Mammwah, wie er sich später nannte, wollte diesem um jeden Preis gefallen und versuchte seine Lade- wie Schußgeschwindigkeit noch zu steigern. Trotz seiner im Pulvergestank, Qualm und Dreck wie mechanisch verrichteten Vernichtungsarbeit hatte er den aufmerksamen Blick des berühmten Grafen auf sich ruhen gespürt, hatte gespürt, daß er Eindruck machte. Nie zuvor hatte dieser hocherfahrene und meistens hochüberlegt agierende Heerführer gesehen, wie gleichmütig und fast spielerisch ein Artillerist allein seine fürchterlichen Kartätschenladungen in die Reihen eines immer näher rückenden Feindes hineinjagte. Flink wurde das Rohr feucht ausgewischt, dann der Pulverbeutel hineingeschoben, darauf kam die bleikugelgefüllte Büchse, die mit dem Ladestock in einem Stoß hineingepreßt wurde, schon wurde das Geschütz nachgerichtet und gleich darauf verließ ein brüllender Feuerstrahl die Mündung. – Es kam Graf Wilhelm wie ein perfektes, dazu aberwitzig schnelles Uhrwerk vor, nur von einer Kraft in Bewegung gehalten.

Seine Feuergeschwindigkeit noch zu steigern war diesem Kanonier nun freilich unmöglich, aber er hatte das Glück, auf das er hoffte. Von seinem schnaubenden Roß herab betrachtete der Generalfeldmarschall erneut den eifrig und genau hantierenden Artilleristen und dachte bloß: Was für ein prächtiger Idiot. Wie geschaffen für solche widerwärtigen Schlächtereien. Genau so einen brauche ich! Graf Wilhelm kannte keine Vorurteile, die seinen Interessen als Militärtaktiker, Stratege oder Denkendem im Wege gewesen wären. Und dieser hünenhafte schwarze, ihm unbekannte Meister des Gemetzels steckte in der Uniform des untersten Dienstgrades. Graf Wilhelm schüttelte kaum wahrnehmbar den Kopf, bevor er mit nach vorn gestrecktem Säbel den Befehl zur Reiterattacke gegen die spanischen Linien herausbrüllte.

Graf Wilhelm ließ am nächsten Tag durch den Sergeanten Bode diesem auffälligen Soldaten ausrichten, wenn er wolle, könne er ihn mit in den Norden in seine Grafschaft nehmen, die allerdings nicht allein vom Klima her dem aus Afrika stammenden Soldaten nicht sehr zuträglich sein könnte. Der Angesprochene fühlte sich geschmeichelt, aber auch in seinen Qualitäten wahrgenommen und sah so seine Chance voranzukommen. Ja, sagte er dem Sergeanten Bode, er folge dem Herrn Grafen, wo immer er ihn hin haben wolle, und daß er unbedingt weiter unter diesem edlen Generalfeldmarschall auch in der feucht-kühlen Grafschaft dienen wolle. Er, das war der spätere Artillerist Mammwah – ob das sein richtiger Name war, ob der ursprüngliche sich bloß so ähnlich für ein schaumburg-lippisches Ohr anhörte oder der große schlanke, dunkelhäutige Abstinenzler einmal ganz anders benannt worden war – keiner wußte es später mehr. Eigentlich heiße ich Sinedona, aber das wissen meine Kameraden nicht, Rottmann hat es mal gewußt, Graf Wilhelm und selbstverständlich Sergeant Bode. Der dann während des Portugal-Feldzugs ertrunkene Sergeant Bode hatte Sinedona im Auftrag des Grafen Wilhelm unter seine Fittiche genommen, damit der talentierte Junge das artilleristische Handwerk jenseits des Drills vertiefen konnte und nicht von seinen Kameraden über Gebühr gehänselt würde. Der pfiffige und eher freundliche Sergeant Bode flocht diesem 15Jährigen gegenüber öfter die Floskel »Mammwah, nich?« in seine Sätze ein. Sinedona hatte sehr schnell Brokken jener merkwürdigen deutschen Mischsprache gelernt, mit der sich die Soldaten aus dem fernen Bückeburg untereinander verständigten. Das »Mammwah« Bodes hatte er auch irgendwann in seiner Bedeutung als »Das machen wir« dechiffriert und zugleich beschlossen, sich künftig den Europäern gegenüber so zu nennen – »Mammwah«. Nach dem überraschenden Tod seines Artillerielehrers und väterlichen Beschützers Bode wollte er – auch im Gedenken an diesen – keinen anderer Namen als eben »Mammwah« tragen. Bei Nachfragen, was denn dieser Name eigentlich bedeute, gab er gern die Auskunft, daß »Mammwah« ein uralter angolanischer Name sei und auf deutsch etwa der »Rauchgeborene« hieße.

Sein Alter war für die mit ihm Dienst tuenden schwer einschätzbar. Er war auffallend groß, schlank, muskulös und sein Gesicht war mit festen Linien wie eine Holzskulptur gestaltet. Er hatte keine Haare auf dem Kopf, er rasierte sich täglich den ganzen Schädel und hatte dazu die Erlaubnis, weil seine Haare nicht geeignet waren für einen ordentlichen soldatischen Zopf. So trug er nur im formalen Dienst eine Zopfperücke und hatte deswegen auch keine Kopfläuse und Krätze.

Graf Wilhelm war schon lange tot, leider. Ihm hatte Mammwah seine erträgliche Existenz zu verdanken, er hatte ihn aus dem harten portugiesischen Alltag befreit. Durch ihn war er dem bedrückenden Katholizismus entronnen, in dem einer wie er immer im Verdacht stand, ein Ketzer zu sein, doch noch dem falschen Gott zu huldigen. Graf Wilhelm hatte ihn gefördert, persönlich geschützt und hätte ihn auch befördert, wenn da nicht das Reglement und in den Siebzigern jener folgenschwere Kopfstoß gegen das Nasenbein eines Bückeburger Sergeanten gewesen wäre, der ihn mit »du dreckiger mohammedanischer Kameltreiber« angezischt hatte. Mammwah, der nach seiner blitzartigen Reaktion einfach ruhig stehenblieb, war sofort in Ketten gelegt worden. Hätte der Graf von diesem Vorfall nicht Kenntnis erhalten und sich für den schwarzen Kanonier verwendet, wäre dieser wahrscheinlich in Kürze füsiliert worden. So wurde er bloß zu einem dreimonatigem verschärften Arrest auf dem Wilhelmstein verurteilt. Nach einer Nacht im Bückeburger Gefängnis mußte er mit einer Gruppe Artilleristen, die Festungs-Ablösung und zugleich seine Bewachung war, nach Steinhude marschieren. Von dort aus stach bei klarer Sicht und leichtem Wind ein gräfliches Kanonenboot mit dem Arrestanten und den sieben Artilleristen in die See.

Kanonier Mammwah hatte im Kahn, der ihn und die anderen Soldaten zur Festungsinsel hinüber bringen sollte, trotz seiner Ketten entspannt vor sich hin gedöst, als ihn der Anruf der Inselwache abrupt hochfahren ließ. Was nun vor seinen Augen stand, glaubte er einfach nicht. Seine unmittelbare Reaktion auf den ersten Anblick des Wilhelmsteins war ein furchtbarer Lachanfall. – So etwas gibt's doch nicht, das kann doch nicht wahr sein! Eine Fata Morgana, ein Trugbild des Scheitans. – Nein, nein, dachte er dann unter seinem Lachkrampf, ich bin ja katholisch: es muß es also eher ein dämonisches Gehäuse aus den Versuchungen des Hl. Hieronymus sein. – Mammwah fing nun an, zwischen Glucksern portugiesisch vor sich hin zu sprechen: »Aber nee, ach du Scheiße, nein, das sieht ja unglaublich mickrig aus, ja, fick die Nonne! so etwas Bescheuertes hab ich ja noch nie gesehen. Das kann doch nicht der Ernst sein von Graf Wilhelm – unglaublich! Das ist ja das Fort de Lippe bei Elvas, genauso sieht das aus, wie diese Festung, die der Feldherr in Portugal hingesetzt hatte. Hat der diese Sternschanze hier in den See gepflanzt? Nein, Fort de Lippe war viel größer, dafür gab's weniger Wasser. Ich glaub's nicht, mir platzt noch der Kopf, sowas Komisches!«

Alle an Bord, derer zwei Mammwah schon länger kannten, hatten ihn noch nie so erlebt, ihn noch nie so dauerhaft, irgendwie verschlungen und so laut lachen gehört. Sie verstanden ihren sonst so zurückhaltenden Kameraden nicht und – besonders weil er Ketten trug – hielten seine Reaktion auf die Festung Wilhelmstein für ziemlich unangemessen.

Was Mammwah sah hinter einigen kleinen Häuschen auf winzigen Inseln, das kannte er, das war eine gewöhnliche symmetrische Sternschanze. Die hieß einfach so, weil sie auf den Plänen und Karten wie ein stumpfzackiger viereckiger Stern aussieht. Aus Mammwahs Perspektive war der Wilhelmstein zunächst nichts als ein auffallend kleines Bauwerk gewesen, das zwar drohend aus dem Binnenmeer hervorragte, aber zugleich ein wenig verloren auf dem Wasserspiegel wirkte. Eigentlich eine simple kleine symmetrische Landfestung, dachte er, bloß der Wassergraben drumherum ist riesig und asymmetrisch, das einzig Große am Wilhelmstein. Mammwah hatte bis zur Ankunft im Inselhafen vor sich hingegluckst.

Während der Dunkelheit wurden die Gefangenen in zwei nicht mehr benötigte Kasematten-Räumen eingesperrt. Sie hatten keine eigene Feuerung, nur etwas Tageslicht drang indirekt durch naheliegende Schießscharten und die Luft war dumpf und stickig. Immerhin bekamen die Gefangenen, wenn sie nicht kurzzeitig zu verschärftem Arrest bei Wasser und Brot verurteilt waren, die normalen Rationen der Soldaten. Außerdem konnten sie zur Arbeit regelmäßig ihre klammen Verließe verlassen. Vor sich hinsiechende Gefangene wollte man auf gar keinen Fall hier in der Festung heranzüchten. Es galt, die Gefährdung der Kampfmoral, besonders aber Ansteckungen zu vermeiden. Einige Insassen mußten in einer der leeren im Obergeschoß befindlichen Offiziersstuben bestimmte Dinge herstellen, wozu die Anfertigung von Feuerlöscheimern gehörte und das Spinnen von Garn.

Die meisten Gefangenen besserten das unaufhörlich von Wasser, Wind und Eis demolierte Inselufer aus. Einige kümmerten sich um die Pflege der 16 winzigen Gärten auf den Bastionen, Courtinen und Ravelins, die nach 1787 für Gemüse und Kräuter angelegt worden waren. Aber alle mußten zu schwerster Plackerei ran, wenn es galt, im Winter das bedrohlich wachsende und herantreibende Eis aufzuhauen. Mammwah war wegen seiner auffallenden Geschicklichkeit zu Schmiedearbeiten herangezogen worden. Er hielt es für ein Privileg, da der Schmied, ein Unteroffizier, ein ruhiger Mann war, und das Feuer der Esse Mammwah gut durchwärmte. Gab es nichts zu schmieden, wurde auch er zur Befestigung der Uferzone eingesetzt, mußte Pfähle einrammen und Steinschutt herbeikarren, den die mürrischen Steinhuder mit ihren Fischerbooten ablieferten. Bei diesen Arbeiten wurden allen Gefangenen und Arretierten die Ketten abgenommen. Man war sich sicher, daß es keinerlei Fluchtversuche geben würde.

Nur einmal war ihm die Arbeit zuwider geworden. Ein verstorbener Gefangener, es war ein Lebenslänglicher gewesen, wurde auf der dritten Courtine neben einem schmalen Weißkohlbeet beerdigt. Mammwah mußte mit einem anderen Arrestanten ein tiefes Grab ausheben und erleben, wie der in schmutzige Tücher gewickelte Leichnam in das Loch geworfen wurde. Es gab keine Andacht und kein letztes Wort. Die beiden Arrestanten wurden angewiesen, diese Ruhestätte zuzuschütten und zwar derart, daß sie nach einiger Zeit nicht mehr zu bemerken sein würde. Gräber auf dem Wilhelmstein durften in keiner Weise markiert werden.

Bei Dunkelheit kam Mammwah in seine Zelle unten in der Sternschanze, wo er vor sich hinsummte, sich Bilder aus Angola und Portugal ins Gedächtnis rief, über die Festung und seinen gräflichen Herren nachdachte. Er verstand diese Inselanlage trotz ihrer Kuriosität und Einsamkeit auch als Ausdruck einer tiefen Sehnsucht Graf Wilhelms, einen Ort zu finden oder zu schaffen, in dem man vor der irrsinnigen Welt sicher ist. Mammwah hatte so einiges in der Richtung vom und über den Grafen gehört – er konnte das nachvollziehen.

Mit einem Wilhelmstein kann man niemandem auflauern, kein Land erobern. Er ist so etwas wie die steingewordene Defensive. Graf Wilhelm war Theoretiker und Verfechter des Defensivkrieges gewesen, nur dieser Krieg zur reinen Selbstverteidigung erschien ihm rechtmäßig zu sein. Und defensiver als der Wilhelmstein läßt sich nun wirklich keine Festung denken. Mammwah mußte grinsen. Graf Wilhelm hatte da wirklich etwas zu Ende gedacht und ausgeführt. Das Resultat war in der Tat nicht agressiv, aber dennoch abschreckend. Angewandte Kriegskunst, um den Krieg zu verhindern, darum drehte sich beim Herrscher vom kleinen Schaumburg-Lippe und großen Militärtheoretiker eben alles.

Den meisten galt die Insel als ein doppeltes Gefängnis: für alle, die dort tagein, tagaus sein mußten und noch einmal für die, die hier ihre Strafe abbüßten. Diese Bewertung teilte Mammwah nicht. Noch während seines dreimonatigen Arrests hatte er den Inselkommandanten ersucht, nach Verbüßung seiner Militärstrafe hier in der Festung Wilhelmstein weiter dienen zu dürfen. Rottmann, der damalige Vizekommandant, hatte sich für den auch im Arrest ruhigen und fleißigen Kanonier eingesetzt, und so blieb Mammwah schließlich auf der Festung im Steinhuder Meer.

Um Mammwah rankten sich wegen seiner Besonderheiten Legenden, auch was seine einstige Nähe zum Grafen anging. Innerhalb kürzester Zeit hatte er sich zum exzellenten Richtkanonier entwickelt. Seine Lieblingsgeschütze für Punktfeuer waren natürlich die mittleren bis kleineren Kaliber mit möglichst langen Rohren. Die Genauigkeit, mit der er Geschosse, besonders aus Sechspfündern, ins Ziel bringen konnte, wenn es mal nicht um Salven- oder Sperrfeuer ging, war fast unheimlich. Darum war er auch für die Kanone oben auf der Festung eingeteilt, deren Wirkungsbereich leicht von Richtung Hagenburg bis Steinhude einzurichten war. Von dort, also von etwa Süden bis Osten, war bei einer Attacke mit feindlichen Booten zu rechnen.

Alle Befehlshaber und Artillerieoffiziere, die den Richtkanonier Mammwah bei diversen Übungsschießen erlebt hatten, waren sich absolut sicher, daß ihr dunkles Schießgenie diese Wasserfahrzeuge mit Genuß versenken würde, lange bevor die Angreifer in Reichweite der Handfeuerwaffen gerieten.

Man hatte sich angewöhnt, ihn scherzhaft »Kanonengraf« zu nennen, weil er sein Geschütz so souverän beherrschte. Nun war das freilich ein ironischer *nom de guerre*, da eigentlich der lange verblichene Graf Wilhelm bei seinen Gegnern und Kritikern mit diesem Wort »Kanonengraf« tituliert worden war, ein Ausdruck, in dem gleichermaßen mißbilligendes Kopfschütteln und Respekt zur Sprache kamen. Daß man einem altgedienten, aus Afrika stammenden Artilleristen katholischer Konfession hier auf dem Wilhelmstein einen solchen Spitznamen verliehen hatte, war eine Auszeichnung. So versah Mammwah seinen Dienst als respektierter Außenseiter innerhalb der Festungsbesatzung.

Es herrschte immerhin Friede, richtiger Friede. Beim unblutigen Krieg der Hessen gegen die Grafschaft vor über zwei Jahren hatten sie zwar auch kein Gefecht erlebt – es könne aber jeden Moment eines bevorstehen, hatte besonders Fähnrich Windt während der Appelle immer hervorgehoben. Mammwahs letztes Gefecht lag über 25 Jahre hinter ihm, und er mochte seine Kriegserfahrungen nicht mehr um einen Festungskampf erweitern.

Er versah seinen monotonen Dienst ohne Tadel, aber hatte bei den Befestigungsarbeiten am Wasser immer eine Gelegenheit gesucht, lange Blicke mit dieser goldhaarigen Ulla zu wechseln. Nach dem Abzug der Hessen 1787 war sie als die junge Frau des oft abwesenden Unteroffiziers Cord Kaspareit auf den Wilhelmstein gekommen. Sie kümmerte sich um den Haushalt ihres Gemahls und die schmalen Gemüsebeete an den Außenwerken, wo sie manchmal die Flut ihrer blonden Haare entblößte. Als er eines kühlen Herbstabends an ihrem Häuschen vorbeikam, war er einfach durch die offene Tür geschritten und hatte ins Dämmerlicht hinein laut nach Unteroffizier Kaspareit gefragt. Ulla hatte errötend, aber mit fester Stimme gesagt, dieser sei in Steinhude, und sofort gefragt, ob er einen Schluck vom heißen Punsch wolle. Mammwah hatte die Tür hinter sich zugezogen und die Behausung erst zu seinem nächtlichen Wachantritt wieder verlassen.

Solche sonnigen Momente waren natürlich für Mammwah viel rarer als die des Alleinseins, in denen er sich ebenfalls mit Freude Gedanken über alle möglichen Erscheinungen seines engen Lebensraumes machte. So war ihm etwa eine merkwürdige bauliche Eigenheit der Festungsanlage des Wilhelmsteins aufgefallen. Die Sternschanze schien zwar nach den Formen und Richtungen einer Windrose konstruiert worden zu sein, aber eben nicht genau. Es sind fast Zwischenrichtungen, also beinahe Südwesten, Nordosten etc., die die vier Sternspitzen der Festungsmauer angeben, stellte Mammwah mit Hilfe der großen Sonnenuhr fest. Die vierstrahlige Festung ist im Grundriß also ein wenig aus den bekannten Koordinaten der Windrose herausgedreht, und zwar gegen den Uhrzeigersinn. Und warum? fragt er sich. Wollte der Schöpfer des Wilhelmsteins mögliche Gegner irritieren, um ihnen bei einem Artillerie-Angriff keine leicht zu berechnenden Koordinaten zu liefern?

Während der Wochen seiner Gefangenschaft hatte ihn der junge Fähnrich Windt oft um den Schlaf gebracht und auch in solche Grübeleien getrieben. Dieser junge Herr, bekannt als Feuerkopf und enthusiastischer Soldat, war berüchtigt dafür, daß er nächtens in seinen dienstfreien Stunden unaufhörlich innen, ganz innen um diesen tragenden Mittelkern des Festungswerks kreiste. Wenn er sich ganz allein glaubte, setzte er die Perücke ab und erwog leise murmelnd, was denn bloß zu tun sein, um sich und dem Wilhelmstein mehr Geltung zu verschaffen. Windt schien froh zu sein, hier unten dem Schnarchen und alpträumenden Gelalle seines Vorgesetzten und Kommandanten Major Rottmann entkommen zu sein, der oft oben im Turmaufbau lärmte und dieses so herrlich klare Werk des Grafen mit unwürdigem Treiben beschmutzte. Besonders einmal hatten der Major und Oberst von Schroeder sehr laut gestritten. Wörter wie »Gold«, »kein Risiko«, und »Vertrauen« waren zwischen ihnen – kanonenkugelngleich – gewechselt worden.

Mammwah mußte sich überdies, als er wieder soldatischen Dienst tat, bei Alarmübungen mit und ohne Kopfbedeckung noch an die engen und niedrigen Durchlässe der Sternschanze gewöhnen. Anfangs hatte er sich so manche Beule geholt, wenn er eilig zu nächtlichen Alarmen und anderen Einsätzen auf seinen Posten eilte. Auch der großgewachsene Graf hatte nur einen einzigen Makel in seiner Festung immer wieder lautstark bemängelt: die beiden in zu geringer Höhe ausgebauten Stufengänge nach unten in die Gewölbe und Kasematten. Immer wieder geschah es, daß nicht allein ihm, sondern auch besuchenden Offizieren und anderen hohen Herren die Dreispitze vom Kopf gefegt wurden, beziehungsweise sie unten im Zentralgewölbe mit den

Hüten in der Hand reichlich unmilitärisch vor die Mannschaften, vor ihre wackere Artilleristen treten mußten. Und diese – diese wollten lachen, aber durften es um keinen Preis!

An jenem finsteren Januarabend 1790, der dem Auffinden der Wasserleiche vorausging, hatte Mammwah mal wieder Ulla besucht. Es war günstig wie nie und eine Kleinigkeit bei diesen Bedingungen gewesen. Oben auf der Sternschanze hatte er allein den ihm befohlenen Posten bezogen. Weil er ja so scharfe Augen habe, hatte Fähnrich Windt sarkastisch gesagt. Unten liefen damals zu diesen dunklen Stunden keine Wachen um die Festung, gemäß des Befehls Major Rottmanns. Fähnrich Windt hatte dienstfrei und wird wahrscheinlich unten im Zentralgewölbe rumoren oder oben im Schlößchen seine Laute zupfen. Major Rottman hatte keinen Anlaß für einen Kontrollgang und würde sich wie gewöhnlich mit Wein entweder aus dem Offiziersspeisezimmer oder dieser legendären Kaverne eindecken. Rottmanns Leibdiener Dacke schließlich hauste gewiß brav in seiner Kammer und las etwas aus der kleinen Bibliothek seines Herren. Sich auf ein, zwei Stunden von dem einsamen Wachposten klammheimlich zu entfernen, bedeutete einfach ein verschwindend geringes Risiko. Ulla war ihm mehr als ein Wachvergehen wert.

Mammwah hatte sich eines der leicht geteeren Sackleinen umgehängt, die zum Schutze vor Regen neben den Kanonenlafetten lagen. So eingehüllt und getarnt glitt er von der schrägen Mauer hinunter. Einmal mehr wußte er seine Hautfarbe zu schätzen: Schwarz wie die Nacht, sah ihn manch dunkle Gestalt nicht, die ihren düsteren Geschäften nachging. Später, nach Ulla, konnte er an einer bröckeligen Mauerkante ohne Schwierigkeiten wieder zu seinem Platz auf der Sternschanze klettern.

Vom Fuße des Sandsteingemäuers war er auf die Courtine geschlichen, wo im kleinen Fachwerkhäuschen das sehr ungleiche Ehepaar Kaspareit wohnte: der viel zu oft abwesende Unteroffizier Cord Kaspareit und seine viel zu hübsche Frau Ulla, die viel zu oft allein blieb, wenn ihr sehr früh angegraute Gatte auf dem Steinhuder Artillerieschießplatz Kanoniere drillte und Rohre putzen ließ. Seine scharfen Augen hatten trotz der fast vollkommenen Düsternis eine Gestalt zwei Courtinen weiter wahrgenommen, wo sich auch der Offiziersspeiseraum befand. Rottmann, um dessen Marotten Mammwah wußte, konnte es nicht sein, der war kleiner, gedrunger. Seiner Haltung und seinen Bewegungen nach gehörte diese Gestalt nicht zu seinen Kameraden, das hatte er sofort bemerkt. Ob es der Leibdiener, dieser Dacke sein könnte? Er war sich nicht sicher. Offensichtlich wartete diese Person auf etwas, hatte ihn aber nicht bemerkt. Als plötzlich ein Lichtschimmer vor der Mauer der Sternschanze aufglomm, huschte Mammwah flink zur Bohlentür seiner Ulla, klopfte den verabredeten Dreivierteltakt auf das Holz und wurde von seiner Liebsten in ihr Häuschen hineingezogen.

Schwarz ist schön, dachte Ulla, und so glatt, geschmeidig und so gänzlich ohne dieses Ziegenhaar überall sind die anderen Männer gewiß nicht. Ihr oft abwesender Unteroffizier Kaspareit sowieso nicht, der alte Stinkebock.

Ulla war nicht allein auffallend hübsch, sondern auch mit einem ungewöhnlich feinen Geruchssinn beschenkt oder bestraft worden – je nachdem, was sie gerade roch. Sie konnte, ob sie nun wollte oder nicht, gewissermaßen die Gemütsverfassung von Menschen, insbesondere von Männern, riechen. Diese besondere Sensitivität war der Hauptgrund, warum sie so oft errötete. Über die eingesogene Luft erfaßte sie sogleich, ob der ihr Nahe gerade aggressiv oder ängstlich, insbesondere aber, ob dieser geschlechtlich erregt war. In ihrer Nähe geschah das Männern naturgemäß häufiger, und noch während sie Oh Gott, das schon wieder! dachte, wechselte ihr Antlitz von zarter Blässe in ein kräftiges Himbeerrot.

Mammwah hatte nicht diese säuerliche Aura wie ihr Gatte, obwohl ihr dunkler Liebhaber doch fast die gleiche Kost zu sich nahm. Er roch durchaus nicht wenig, aber reizvoll nach Unbekanntem und, wie sie glaubte, nach ganz fernen Gebieten.

Mammwah war erst der zweite Mann gewesen, dem sie sich hingegeben hatte. Zu ihrem Gemahl war sie von Seiten ihrer armen Eltern gedrängt worden, weil der doch immerhin in festem Sold stand und um die noch Sechzehnjährige wie von Sinnen geworben hatte. Wenn sie nicht bald in christlichen Verhältnissen leben würde, friste sie entweder bald als rechtlose Magd ihr Leben oder werde ob ihrer Schönheit zur Hure gemacht. So dachten ihre besorgten Eltern und gaben dem Unteroffizier Cord Kaspareit nach einer weiteren Frist von einem halben Jahr die Hand ihrer Tochter. Entblößte Knaben- und Mädchenkörper hatte Ulla hinter Ufergebüschen oder in Heuschobern schon erblickt und mit unbefangener Neugier berührt und gekostet. Aber die Hochzeitsnacht war etwas ganz anderes gewesen. Diese erste Nacht mit ihrem dichtbehaarten Cord bestand in ihrer Erinnerung aus wunderlichem Ächzen, halbschmerzhaftem Eindringen und branntweinbedingtem Wegschnarchen. Sie hatte damals noch eine Weile höchst verwundert wachgelegen, sich dann aber damit beruhigt, daß sie nun in ziemlich gesicherten Verhältnissen lebt. Alles weitere werde sich schon fügen. Und so war es ja auch gekommen.

Ein Besucher des Wilhelmsteins, dieser ihr widerliche von Schroeder, hatte noch im Jahr ihrer Heirat Gold versprochen, wenn sie ihm zu Willen wäre. So eine wollte sie aber auf gar keinen Fall werden. Sie hatte errötend zu Boden gesehen und scheinbar unschlüssig um Bedenkzeit gebeten; die hatte sie gut genutzt. Als der Oberst etwas später erneut auf ihre körperliche Hingabe drang, hatte sie ihm gespielt traurig gestanden, daß es um seiner Willen und seiner Gesundheit wegen nicht geschehen dürfe. Von ihrem Ehemann habe sie die Syphilis bekommen, wisse nicht, wie lange sie noch lebe und müsse ihrem Cord nun treu bleiben, ob sie wolle oder nicht. Der Oberst hatte sich erbleichend entfernt und unziemliche Wörter gemurmelt. »Vor diesem Widerling habe ich nun Ruhe«, hatte sie lachend Mammwah erzählt, der ihre Kaltblütigkeit bewunderte.

Ulla war heilfroh, einfach nicht schwanger zu werden, weder von den spärlichen Belegungen ihres Cord, noch durch die genußreichen Stunden mit Mammwah. Durch diesen dürfte sie auch keinesfalls in die Wochen kommen, denn eine verräterische Hautfarbe hätte sie beide des Ehebruchs überführt. Die Folgen wären schrecklich: für sie und Mammwah, die dann als Verbrecher gelten würden; für den Ehemann, der als lächerliche Figur unter Seinesgleichen gelten würde. So war Ulla trotz des Bewußtseins, ein sündhaftes Leben zu führen, zugleich ihrem Gott dankbar, es ohne sichtbare Folgen genießen zu dürfen. Sie sah darin weder ein religiöses noch logisches Problem.

Unmittelbar nach Rottmanns obskurem Tod hatte Mammwah diese Januarnacht noch einmal durchdacht. Ein augenscheinlich Fremder ist bei ausgemachtem Sauwetter draußen auf dem Wilhelmstein; dann wird der Major vermißt, der sich mit einer Laterne – das muß der schwache Lichtschein gewesen sein – aus der Sternschanze auf dem Weg zum Offiziersspeisezimmer gemacht hatte. Bloß wer hatte da gewartet, genauer: gelauert? Eine ganz unscharfe Erinnerung war mit des Wartenden Silhouette in Mammwah aufgestiegen – aber an wen? Und war der ein Mörder? Wie sollte der bei diesem widerwärtigen Wetter auf die Insel gekommen sein? Nun ja, immerhin hatten auch die einfachen Soldaten von dem Befehl des Majors erfahren, draußen keine Wachen patroullieren zu lassen. War es nicht ein merkwürdiges Zusammentreffen, daß am Morgen nach der Wachreduzierung der Befehlsgeber tot aus dem Steinhuder Meer gefischt wurde? Oder ob es doch ganz einfach jemand von der Festung war, der die widrigen, ihm günstigen Wetterumstände ausgenutzt hatte, um den Major loszuwerden? Sein Stellvertreter Windt vielleicht, der auf den Kommandanten-Posten scharf war? Der Leibdiener Dacke? Oder einer dieser widerspenstigen Steinhuder gar? – Er werde später darüber weiter nachdenken und alles aus seiner Erinnerung, seinem Wissen zu Rate ziehen, was das abrupte Ableben Rottmanns schlüssig erklären könnte. Er jedenfalls war heilfroh, daß er nachts rechtzeitig wieder auf der Mauer neben der Kanone gestanden hatte, als Fähnrich Windt den Alarm auslöste und man Mammwah gemäß der Order vorfand.

Der Oberkommandierende der überschaubaren schaumburg-lippischen Truppen erhob nun seine Stimme: »Soldaten! In tiefer Trauer und Dankbarkeit nehmen wir Abschied von Major Rottmann, Kommandeur der Befestigungen Wilhelmstein und Wilhelms-Inseln. An einem kalten, stürmischen und regnerischen Winterabend, am 7. Januar 1790, wollte dieser verdienstvolle und im unermüdlichen Dienst ergraute Offizier sich zum Speisezimmer begeben. Dabei rutschte er ins Wasser und ertrank. Mit ihm fiel der tapfere Offizier, der Verteidiger des Wilhelmsteins, der allen Soldaten Schaumburg-Lippes ein Vorbild an Standfestigkeit und Treue gewesen war. Wir sind aufgerufen, das von ihm verteidigte Werk unseres großen Grafen Wilhelm zu erhalten und im Sinne des hochverehrten Geschlechts der nach wie vor in Bückeburg herrschenden Schaumburg-Lippischen Grafen und der jetzigen hochwohlgeborenen Fürstin Juliane fortzuführen. Major Rottmann wird uns in seiner unverwechselbaren Art als charaktervolle Führungspersönlichkeit und väterlicher Freund der jungen Offiziere und Kadetten in Erinnerung bleiben. Präsen-tiert daas Gewehr! Grenadiere! Zum Ehrensalut – leegt an! Feuer! – Feuer! – Feuer!«

Standfestigkeit? Ha, selbst das stimmt nicht. Der Rottmann ist doch andauernd umgekippt wie ein Mehlsack! – So dachte der frisch vom Fähnrich zum Leutnant beförderte Windt im Januar 1790, nachdem der Salut an den Wänden des Bückeburger Schlosses verhallt war. Nur äußerlich blieb dieser Leutnant unberührt, innerlich war er stolz und außerordentlich erleichtert. Ein Schreiben, unterzeichnet von der Fürstin Juliane hatte dem Leutnant Windt gemeldet, daß er an Stelle Rottmanns zum Kommandanten des Wilhelmsteins ernannt sei. Dieses höchst unerquickliche Kapitel Rottmann war nun also geschlossen. Unfaßbar eigentlich, was er als Fähnrich mit diesem letztlich unheroischen Zausel von Major alles hatte durchstehen müssen. Seit Beginn der Belagerung von 1787 waren die Konflikte und Kalamitäten laufend angewachsen. Besonders wegen seines häufig schwankenden Vorgesetzten war Windt die Inselfestung Wilhelmstein zunehmend auch als subtile, aber unentrinnbare Folterkammer erschienen.

Rottmanns Leben war seit jenem Jahr zunehmend desolat geworden. Letztes Monument seines Verfalls war sein nachgelassenes »Vermögen« gewesen. Der gesamte Nachlaß mußte in Hagenburg verkauft werden, um seine Gläubiger zu befriedigen. Aber selbst das gelang nicht, denn was man vorfand, war in der Tat ärmlich, sozusagen ein bargeldloser Trödelladen. Aus Rottmanns Stube waren als veräußerbares Eigentum nur etwas Bettwäsche, einige Kleidungsstücke und ein wenig Mobiliar zu Geld zu machen. In einigen Schubladen fanden sich eine defekte silberne Taschenuhr, ein Paar silberne Epauletten, ein silberner Ringkragen, eine silberne Schärpe nebst Portepee. Und das war es auch schon, alles andere gehörte der Truppe. Das kleine Weinlager im Offiziersspeisezimmer fiel unter der Verwaltung des ziemlich abstinenten Leutnant Windts an die Besatzung des Wilhelmsteins. Auf Rottmanns Kartentisch hatte Leutnant Windt noch einen Zettel gefunden, den der Major offensichtlich für seinen damaligen Leibdiener Dacke verfaßt hatte. Darin hatte Rottmann mit durchaus schwungvoller Hand aufgeschrieben, was Dacke ihm demnächst aus den wohlsortierten Läden Hannovers mitbringen sollte:

»feine Seife aus Braunschweig / Göttinger Würste, diese famosen »farcimina Göttingensia« / Holländer Käse aus Emden / ein Säckchen schneeweiße Raffinade / genuesischen Rosenzucker / braune Zimmetwaffeln / Leipziger Kuchen / und vergesse Er auch nicht die üblichen 5 Pfund wohlgebrannten Kaffees zu erstehen!«

Das erklärte vieles. Gelebt hatte er nicht schlecht, offensichtlich verpraßte er seine Einkünfte nach Kräften und machte dazu noch Schulden wie ein Major – Windt mußte leicht lächeln ob seines stummen Kalauers. Von Wein war allerdings gar nicht die Rede gewesen, wunderte sich Windt zunächst, aber für den gab es andere Quellen. Zu Besuch kommende Offizierskameraden brachten gern feine Sorten als Präsent mit, und das Gros wurde im Herbst mit dem Boot von Hagenburg aus herbeigeschafft.

Schlußendlich hockten da noch zwei Kanarienvögel, die Genossen Rottmanns stiller Einsamkeit auf dem Wilhelmstein – das war schon alles. Sie hörten auf die kuriosen Namen Bö und Brise. Nur kurz überlegte Windt, was er mit den seines Erachtens albernen und bloß Unfug treibenden Kreaturen anfangen sollte. Er öffnete das Fenster in der ehemaligen Stube Rottmanns, die nun die seine werden würde, so weit es eben ging, scheuchte die Kanaris auf und gab ein lautes »Ksch! Ksch!« von sich. Die bunten Vögelchen stoben Federn lassend in panischen Kurven durch den Raum, bis sie die Öffnung nach draußen gefunden hatten. Windt hatte sofort hinter ihnen das Fenster geschlossen, danach die kleinen Federn aufgesammelt und zufrieden sein neues Domizil verlassen. Der Wilhelmstein war nun sein.

Die Trauerfeier für den verblichenen »Helden vom Wilhelmstein« war endlich vorbei und Windt fand wieder in die Realität zurück. Trotz der Kälte war ihm im Erinnern an die Übernahme der ehemaligen Rottmannschen Stube geradezu wohlig zumute geworden. Als Leutnant Windt sich aus der nun auflösenden Formation der wenigen Offiziere in Richtung Schloß bewegte, gedachte er jener ersten Kriegs-Lagebesprechung Rottmanns vor fast drei Jahren, am 17. Februar 1787.

1787

»Männer, wir sind im Kriegszustand. Vor vier Tagen ist unser hochverehrter Landesherr Graf Philipp Ernst gestorben. Ruchloserweise versucht nun Landgraf Wilhelm von Hessen-Kassel seine Ansprüche auf unsere Grafschaft mit einem Handstreich zu realisieren. In seinem an uns grenzenden Landesteil, dem hessischen Schaumburg, hat er schon länger eine Armee versammelt. Heute am frühen Nachmittag ist Generalleutnant von Loßberg in unser geliebtes Schaumburg-Lippe einmarschiert und hat die Residenz in Bückeburg besetzt. Unsere verehrte Regentin Juliane befindet sich wohl und hat gegen diese Okkupation protestiert, leider ohne Erfolg. Weitere hessische Truppen sind im Anmarsch.«

Entweder war der Major völlig nüchtern oder bloß durch die eingetretene Situation total ernüchert worden. Keiner der übrigen Anwesendenden – Fähnrich Windt, die Sergeanten Cauhlenfeld und Tenhardt sowie drei einfache Unteroffiziere – hatte den Kommandanten jemals so ernst, entschlossen und hochartikuliert reden gehört. Sie waren vor einer halben Stunde in die Stube des Majors befohlen worden, nachdem eine Stunde zuvor ein abgehetzter gräflicher Bote mit einem Kahn von Hagenburg herübergekommen war. Major Rottman wechselte nun in eine entspanntere Stimmlage hinüber:

»Damit ihr alle wißt, daß dieser Schurkenstreich uns nicht gänzlich überraschend trifft. Graf Wilhelm war sich allzeit bewußt, daß der Kasselaner Landgraf von Hessisch-

Schaumburg aus eine ihm günstige Gelegenheit sofort beim Schopfe fassen würde. Genau diese Situation ist nun nach dessen Meinung eingetreten. Und nun können, müssen wir beweisen, daß unsere Festung Wilhelmstein dem Herren Wilhelm in Kassel gründlich die Suppe versalzt. Eine Schande, daß der auch Wilhelm heißt, dieser hessische Blutgeldsauger. Bleiben wir unbezwingbar, tun wir es im Gedenken für unseren großen Grafen Wilhelm und gegen den miserablen Landgrafen Wilhelm. Rührt euch, Männer! Und halt endlich den Schnabel, Bö!«

Die angetretenen Dienstgrade nahmen eine bequemere Haltung ein, Major Rottmann setzte sich und der Kanarienvogel schwieg tatsächlich.

»Also, wie bereits ausgeführt, ab jetzt sind wir im Kriegszustand, Männer. Laßt alles gefechtsbereit machen, besonders die leichten Geschütze müssen bestens präpariert werden. In einer Stunde werde ich alles einschließlich der Außenwerke inspizieren. Es lebe Fürstin Juliane!«

»Es lebe Fürstin Juliane!« anworteten die Untergebenen im rauhen Chor.

Major Rottmann nickte befriedigt: »Alles Wegtreten! Fähnrich Windt bleibt hier.«

Als er mit seinem Fähnrich allein war, fixierte Rottmann die Augen Windts mit den seinen und resümierte: »Kurzum – ich lehne wegen des dem verstorbenen Grafen und der gesamten lippischen Nachkommenschaft geleisteten Eid eine Übergabe ab und füge hinzu, daß ich ohne den ausdrücklichen Befehl unserer Regentin nicht kapitulieren werde. Ich fürchte auch nicht die Ungnade des hessischen Landgrafen, da dieser wohl wissen wird, was die Treue eines Offiziers zu einem geleisteten Eid bedeutet. Und weiterhin bin ich nicht gewillt, daß auch nur eines Hessen Fuß, und sei's auch nur der eines Parlamentärs, ein Stück Boden der Wilhelms-Inseln touchiert.«

Windt legte seine ganze Begeisterung in einen zustimmenden Blick. Rottmann machte eine bedeutungsvolle Pause, sprach dann langsamer und leiser weiter: »Falls wir doch wider Erwarten kapitulieren müßten, wird es ein ehrenhaftes Ende nehmen. Generalleutnant von Loßberg ist bereits 69 Jahre alt, ein tadelloser Mann von leutseligem und rechtschaffenem Charakter.«

Windt wurde unruhig: »Gestattet mir den Einwand, Herr Major, aber von Loßberg hat sein Regiment bereits für die Engländer in Amerika kämpfen lassen. Was ich als Kunde darüber bekommen habe, ist schlimm. Die hessischen Truppen sollen besonders grausam gegen die Siedler gehandelt haben. In einigen Gefechten hätten von Loßbergs Grenadiere überhaupt keine Gefangenen gemacht.«

Der Major runzelte die Stirn und entgegnete in abschätzigem Ton: »Das waren Siedler, Aufrührer, Rebellen, da gilt die Landkriegsordnung nicht so wie hier. Wir sind eine reguläre Truppe, da gilt das Kriegsrecht nach allen Seiten.«

»Aber sie werden uns sowieso niemals erobern können, komme was da wolle. Wir alle erwarten Eure Befehle zur Verteidigung, Herr Major!«

Rottmann amüsierte das Pathos seines Stellvertreters. Ihm gefiel es, im gleichen Tonfall hinzuzufügen: »Ha, schon damals in Amerika ist von Loßberg letzlich unterlegen. Zwar hat er fast ganz Schaumburg-Lippe im Handstreich genommen, aber eben uns nicht, nicht uns! Und er wird wieder unterliegen, Fähnrich, weil wir noch da sind!«

»Wir sind gänzlich uneinnehmbar, Herr Major!« bestätigte der Fähnrich nochmals in gehobenem Ton.

Rottmann lächelte nun doch ironisch und entgegnete betont langsam: »Wir habe heute den 17. Februar und Tauwetter. Wenn unser Graf Philipp Ernst nur einen Monat eher das Zeitliche gesegnet hätte, als das Eis noch fast den

Wilhelmstein zerquetschte, dann, Windt, dann wären wir wohl erledigt.«

Bevor der Fähnrich noch etwas entgegnen konnte, erschien Sergeant Cauhlenfeld in der Tür und machte Meldung: Oberstleutnant von Schroeder sei eingetroffen und wolle sich unten sofort mit dem Major unterreden. Der Major hob die Augenbrauen, dachte kurz nach und kommandierte: »Fähnrich, Er soll sofort in sein Quartier wegtreten. Cauhlenfeld, hole Er mir vier kräftige Soldaten, die sollen an der Anlegestelle auf mich und den Oberstleutnant warten. Dann schließe Er unten in der Festung eine freie Zelle auf und harre dort meiner. Abmarsch!«

Von dem weiteren Geschehen hatte der Fähnrich nur das erfahren, was er aus seinem Fenster beobachtet hatte.

Mammwah war mit drei seiner Stubenkameraden zum am Ufer liegenden Kanonenboot befohlen worden, an dem Oberstleutnant von Schroeder schon wartete. Kurz darauf langte der Major bei ihnen an. Die Soldaten schafften, immer beäugt von den beiden Offizieren, zwei mittelgroße, mittelschwere Truhen vom Boot nach unten in einen unbenutzten Arrestraum der Sternschanze. Nachdem der Major die Gittertür verschlossen hatte, richtete Oberstleutnant von Schroeder zum ersten Mal das Wort an die vier Kanoniere: »Kerls, ihr vergeßt, was ihr gerade getan und transportiert habt. Das ist ein Staatsgeheimnis. Kein Wort nach draußen – oder die Schwerenot. Ist das klar, Männer?«

»Jawohl, Herr Obertsleutnant!« entgegneten unisono die vier Kanoniere. »Wegtreten!« befahl der Major, der sich nun mit seinem Vorgesetzten nach oben in das Schlößchen begab. »Das wird wohl etwas vom Bückeburger Goldschatz gewesen sein«, murmelte Budick, als die Kanoniere die lange Steintreppe nach oben eilten, »mal sehen, ob der hier tatsächlich in Sicherheit bleibt.«

Generalleutnant von Loßberg, Oberkommandierender der hessischen Truppen im fast vollständig eroberten Schaumburg-Lippe, hat sieben Tage später eine kleine, aber muntere Abendgesellschaft zu Gast. Anwesend sind sein Kommandant in Hagenburg, Oberst Schäfer, und dessen Adjudant, Leutnant Meierbeer.

»Wir können mit Genugtuung darauf pochen, meine Herren, der militärische Widerstand ist seit sieben Tagen im Wesentlichen gebrochen und das Bückeburger Regime wurde kurzerhand auf eine hessische Behörde reduziert. Unser hoher Herr, seine Exzellenz, Landgraf Wilhelm, besteht auf seinem Erbrecht, und wir dürfen mit Stolz sagen, es durchgesetzt zu haben. Skrupel hatte ich allein, weil ich gegen Fürstin Juliane, eine wehrlose Frau, und ihren unmündigen Sohn vorgehen mußte. Des übrigen tun wir den Landeskindern Schaumburg-Lippes nur Gutes mit unserer Präsenz. Ich kann nur immer wieder daran erinnern, daß sich die Bauern Schaumburg-Lippes mehrfach um Hilfe gegen die hohen Steuerforderungen ihrer Grafen an unseren gnädigen Landgrafen gewandt haben. Und nun sind wir hier und werden mit unserer Übernahme im Schutz unserer Waffen für Blühen und Gedeihen sorgen. Und das Hindernis Wilhelmstein werden wir auch in Kürze beseitigt haben. Ein uns neuerdings sehr ergebener Bückeburger hat zudem angedeutet, daß sich auf dieser See-Festung ein Teil des gräflichen Schatzes befinde. Ich darf Ihnen außerdem anvertrauen, daß ein hiesiger Offizier von Rang uns im Sinne der geringsten Kosten und Verluste über diese steinige Warze im Steinhuder Meer instruieren will. Aber das bleibt natürlich unter uns, meine Herren.«

General von Loßberg legte eine Pause ein, winkte seine Ordonanz herbei und wies ihn an, alle drei Flaschen Bordeaux zu entkorken und sich dann zu entfernen. Während er persönlich die Silberbecher füllte sagte er: »Zwei Dinge ordne ich an. Oberst Schäfer, Sie werden mit Anbruch des folgenden Tages unverzüglich am südwestlichen Ufer des Steinhuder Meers ihre sämtliche Artillerie konzentrieren und den Wilhelmstein unter schweres Feuer nehmen. Die zweite Order ist, von nun an kräftig dem Weine zuzusprechen. Zu jedem Becher erwarte ich einen Trinkspruch, der sich diese widerborstige Inselfestung aufs Korn nimmt.«

Der General hob als erster den gefüllten Becher, aber die Stimme nur wenig: » Noli me tangere – berühre mich nicht! – Rührend. Wirklich rührend, dieses Motto der Schaumburger und das auf ihren Wilhelmstein gemünzt, das sagt wohl alles. Eine wahre Mimose ist sie, diese versteinerte Insel, so will mir scheinen. Einmal berührt und schon pürriert, hahaha! Prosit, auf unseren kühnen Herren, Landgraf Wilhelm!«

Oberst Schäfer schloß sich lauthals an und versuchte eine Steigerung: »Eine zwergenmäßige Inselfestung, ein Nanismus sondergleichen ist sie, auf die man mancherorts noch stolz ist. Der Wilhelmstein taugt vielleicht für verstockte Maulwürfe oder fette Igel zum Winterschlaf, aber unsere Truppen, des Landgrafs Elite, wird er kaum beschäftigen.«

Leutnant Meierbeer wollte seinem Chef nicht nachstehen: »Der Wilhelmstein, diese trockene Seeerbse, dieser harte Furunkel mit seinen feuerspeienden Löchern, dieser Schaumburg-Lippische Krümel vom mürben Kuchen, den wir grad fast ganz gefressen haben, den kriegen wir bald klein und handlich.«

Zügig leerte jeder seinen Becher, und der General delegierte die Aufgabe des Nachfüllens nun an den Leutnant. Als dieser alle Trinkgefäße wieder reichlich gefüllt hatte, eröffnete Loßberg mit schon tieferer Stimme die zweite Runde: »Schreddern, häckseln und in Stücke schmeißen werde ich den Wilhelmstein, zerbröseln und zerbröckeln und ihn dann unter dem Spiegel dieses albernen Binnenmeeres für immer versinken lassen. Prosit, meine Herren, auf den gewissen Sieg!«

Knapp ergänzte der Oberst: »Genau, den einzigartigen, lächerlichen Solitär gemein mit dem Festland machen!«

Leutnant Meierbeer versuchte sich in Ironie: »Eigentlich schade, wo doch der Landgraf von Hessen auch Wilhelm heißt. Doch dieser Stein wird ihm vom Herzen fallen.«

»Ach was, überfluten, daß sie in ihren Kellern und Kasematten ersaufen wie die Ratzen!« fiel der Oberst etwas aus der Reihe.

Er brauchte am längsten beim Leeren der Becher. Kaum war das geschehen, schenkte der Leutnant allen nach. Der steinalte General lachte nun mit offenem, fast zahnlosen Mund auf und phantasierte weiter: »Das Wasser rauslassen – wie den Stöpsel aus einem Wasserbecken – flopp! – und Meer adé! Prosit, meine Herren! Hoch Landgraf Wilhelm! Nieder mit dem Wilhelmstein!«

Oberst Schäfer, der noch nie viel vertragen konnte, mußte schon kämpfen, um noch Zusammenhängendes herauszustoßen: »Zuwachsen lassen, verlanden, alles voller Algen und Wasserpest, dann 'rüberrennen, Schlamm zum Damm aufhäufeln!«

Leutnant Meierbeer gab nun den Schneidigen: »Es bleibt uns vielleicht nur das Eis, das Eis ist die Archillesferse. Beim Henker! Dann hinüber mit der gesamten Kavallerie, drauf und dran und die frostige Festung im Handstreich genommen!«

Schweigend, aber in mehreren Schlucken gossen die drei Offiziere den alten Bordeaux in ihre Schlünde. Als einziger japste Oberst Schäfer leicht danach.

Nun schlug Loßberg in abgründig kratziger Tonlage vor: »Unter Wasser, heimlich, mit einem Fahrzeug, wie es der hiesige Wilhelm bereits ersonnen hat. Oder einen Tunnel graben unterm Meeresgrund, tief ist der ja nicht – ach, was soll's. Prosit, auf den gewissen Sieg!«

Da Schäfer bereits keinen Laut mehr von sich gab, erlaubte sich Meierbeer nun zum ersten Male aus der Rangfolge zu fallen und humorig zu werden: »Dieser Willemstein is' sowas von weg. Den seh' ich schon gar nicht mehr. Der is' sowas von weg. Gluck, gluck, sage ich nur.«

Mit dunkelster Stimme lachte und lallte Loßberg: »Willelmstein – war da mal was?«

Der Januar war grausam. Einst stand ich im Turm und sah, wie das Eis auf uns zu kam. Unglaublich hoch und kalt, wie eine weiße Fata Morgana trieb es langsam, unwiderruflich, weiß, auf uns zu. Das Äußere war zerborsten und zerklüftet und nahm uns gelassen in die Zange. Ohne Unterlaß polterte und lärmte es in der Eismasse. Wenn eine Scholle sprang, war es ein Geräusch wie die Gewehrsalve einer Kompanie. Dann grollte und murrte es geheimnisvoll im Inneren der Eisschollen, als ob Geister, Nixen und Nöcke darin ihr Wesen trieben. Knirschen. Scharren. Wieder ein Riß. Mehr Eis kam auf uns zu, unwiderruflich. Eine eisige Kralle, die an allen siebzehn Insel kratzt und von keiner Kanone zu vertreiben ist. Dieses große Flachgewässer hat etwas von einer ansonsten ausgestorbenen Bestie. Es ist ein gewalttätiges Eismonster, das Kältestürme sogar ins Wärmste hineinträgt. Hier lauert eine Eiszeit, die immer droht, auch bei Hitze. Das Eis ist tödlich. Eis ist der Hauptfeind, immer. Gleichwohl, um Kälte, Nässe, Dunkelheit ging es hier schon immer. Seit ich hier als Kadett anfing zu lernen und Dienst zu tun hat sich daran nichts verändert. Bloß diese feuchtkalte Luft hier unten im Gewölbe ist manchmal nur schwer zu ertragen. Warum ist meine Konstitution so schwach? Schon wieder läuft mir die Nase und drückt meine Stirn von innen. Warum vertrage ich das Klima dieser

Insel nicht so gut? Oder ist es bloß das Festungsklima in der Sternschanze, das mir nicht behagen will? Aber ich liebe diesen Ort wie keinen anderen auf der Welt, und lieben heißt auch sich freudig opfern. So lange es geht, will ich hier auf dem Wilhelmstein bleiben. Ich renn' nicht fort, nur weil meine dumme Nase läuft. Hier weiß ich, wo ich bin, wer ich bin und warum ich hier bin. Unangreifbar bin ich, hab mein inneres Zentrum ganz nach außen gestülpt. Und hier bekommt mich keiner weg. Nur auf allerhöchsten Befehl weiche ich. Für das gemeine Menschenvolk gehe ich keinen Fußbreit vom Wilhelmstein herunter. Teil bin ich von dieser Insel, seit ich als Kadett mit Scharnhorst hier gedient hab. Ich fühl mich wie ein Quader dieser Steinmauern und zugleich wie das ganze Festungswerk. Eins mit dem Geist, eins mit der Insel, ihrer Sternschanze und was darüber sich erhebt. Ich glaube, das ist nicht zu versponnen. Aber ich bin es leid, so glanzlos hier am Inselufer öd herumzustöbern, mein eigener Krempel reicht mir nicht. Ich spüre ein Feuer in mir. In mir ist Glück und Sinn. Natürlich gehört diese Insel mir nicht. Ich habe fast die ganze Natur und fast die ganze Menschheit gegen mich und kann nicht sagen, was erbarmungsloser ist. Gelingt es, werde ich meinen Schatz heben und genießen, meinen noch verborgenen Schatz als militärisches Genie. Mein Gott, warum müssen wir Furcht haben? Unsere Erde ist geringer, ist viel winziger im Vergleich zum gewaltigen Kosmos. Doch sie besteht, und wir leben auf ihr seit über tausend Jahren. Auch der Wilhelmstein wird standhalten, jetzt und immerdar!

»Ich habe vielleich einen Durst, potz Most! Aber ich will im Moment nichts Schweres, nur etwas wirklich Leichtes: Rheinhessen!«

»Was heißt hier: rein Hessen! – bei meiner Ehr' Herr Major – das ist Hochverrat. Wir dürfen die Hessen nicht hereinlassen – Ihr habt in Bückeburg dem Grafen einen heiligen Eid geleistet.«

Major Rottmann, der erst völlig verblüfft seinen Fähnrich angestiert hatte, schüttelte den Kopf, lachte und entgegnete: »Ach, Er begreift's wieder nicht. Ich sprach von Rheinhessen; von mildem Rheinhessen. Ich habe, glaube ich, trotz dieser Kälte die fliegende Hitze. Da müßte so einer helfen. Ich dürfte noch über einige Bouteillen dieser Provenienz verfügen. – Na, was ist denn, meine kleine Brise, warum singst du denn nicht? – Bleibe Er hier, Fähnrich, nehme Er kommod Platz, ich muß selbst 'runter in das Offiziersspeisezimmer, die richtige Wahl treffen. Ich muß mir die Beine vertreten, leider. Dammich, ich bin nicht mehr der Jüngste, ich benötige baldigst einen Leibdiener, Windt! Wenn diese blödsinnige Belagerung vorüber ist, soll Er mir einen beschaffen.«

Erstaunlich behende erschien der Major eine Viertelstunde später wieder mit einer Flasche Wein im Arm. Während er den Staub von ihr wischte und sie entkorkte, stöhnte er auf: »Feinde ringsum! Feinde ringsum, Fähnrich!«

»Nein, nein, Hannover ist nicht gegen uns, Herr Major, das Nordufer des Steinhuder Meeres gehört ja zum Kurfürstentum Hannover. Und Mardorf wird uns nützlich sein, die Fischer können dort Proviant und anderes für uns heranschaffen. Hinzu kommt: in Mardorf weilt gerade der beste Kopf, den je der Wilhelmstein hervorgebracht hat, Scharnhorst, das Genie aus Bordenau. Scharnhorst wird uns gewiß unterstützen mit mehr als nur Fourage.«

Major Rottmann goß sich das erste Glas ein, schnupperte daran, ließ einen kleinen Schluck im Munde gurgeln, nickte, nahm den ersten tiefen Zug, wischte sich den Mund und antwortete dann gelangweilt: »Ach, schon wieder dieser Scharnhorst, der nicht mal richtig deutsch schreiben kann, Fähnrich. Weiß er eigentlich, daß Scharnhorst so ein Kaff im Nordosten vom See ist? Weiß er auch, daß dieses plattdeutsche ›Scharnhorst‹ ins gebildete Deutsch übersetzt ›Drecknest‹ heißt? Weiß er das, Fähnrich Windt?«

»Nein, Herr Major. Ihr wißt aber auch, daß Namen Schall und Rauch sind. Auf Scharnhorst ist Verlaß, er kommt. Wenn es tagsüber nicht geht, so kommt er nachts.«

»Jaja, Scharnhorst, der kommt gern auch nachts. Vermutlich dann am liebsten, hahaha!«

Windt kochte innerlich, aber schwieg dazu. Von draußen drang leise aber durchdringend eine Stimme an sein Ohr, die repetierte: »Wir schießen mit gußeisernen oder steinernen Vollkugeln und mit gußeisernen Hohlgeschossen voller Pulver auf unbewegliche Ziele. Mit Kartätschen, Metallbüchsen voller kleiner Eisenkugeln, schießen wir auf lebende Ziele.« Rottman, der länger geschwiegen hatte, leerte ein zweites Glas, gähnte und sagte nun schon schläfrig: »Immer, wenn dieser Kerl da draußen sein Zeugs memoriert, schweigt meine kleine Brise. Ein zweifellos intelligenter Vogel. Doch apropos Schießen – wieviel intakte Kanonen haben wir, Fähnrich?«

»In Summa 166 Geschütze, Herr Major.«

»Na ja, das wird dann schon angehen.«

»Wie meinen, Herr Major?«

»Oder auch nicht. Oder auch nicht.«

Letztlich bin ich hier allein, keine Kinder, keine Frau in meiner Nähe. Nur Bö und Brise, keine wie diese! Nur meine kleinen befiederten Kanaillen teilen ma solitude. Die Gegenwart mag ich ebensowenig wie den Wilhelmstein, bin vollgestopft mit Abscheu vor der Welt. Ich weiß, daß ich als Säufer gelte, aber als überzeugter Trinker bin ich auch nüchterner Realist. Darum muß ich jetzt den Burgunder finden. Hat da jemand nach mir gerufen? Nein? Leicht schwerhörig bin ich auch bereits – oder bin ich schwer leichthörig? Egal. Diese hessischen Usurpatoren wollen den Wilhelmstein, also letztlich mich, austrocknen. Aber ich verfüge über Vorräte, von denen diese Kasselaner Holzköppe nicht einmal etwas ahnen. – Ei verflixt! – Wo ist die Kiste Burgunder, die ich hier im Offiziersspeisezimmer verborgen halte – wo? – da ist das Kistchen ja. Na also, geht doch! Wie das Werk einer Taschenuhr dünkt mir diese alberne Festung, auf die man mich quasi verbannt hat, wie eine Maus auf das Blatt einer Teichrose. Wenn es irgend möglich ist, werde ich keine Leute opfern, um diesen gräflichen Unabhängigkeitswahn auch noch zu verteidigen – für was denn? Ach, da ist er ja. Gut, daß ich allzeit einen Korkenzieher mit mir führe. Wie schreibt der famose Karl Philipp Moritz: »Die Welt ist eine Maschine, denn sie ist ein zusammengesetztes Ding.« Unser letzter Graf hätte sich längst den Hannoveranern anschließen sollen oder meinetwegen auch den Preußen. Windt sieht das anders, der schmort schon zu lange als Fähnrich vor sich hin. Der will bestimmt, daß ich bald unter die Erde komme, und daß er sich mit Ruhm beklekkern kann. Ach gut, daß dieser Becher immer hier im Verschlag plaziert ist. Also Prost, Rottmann, laß es dir schmekken. Dieser Windt ist ein Schwärmer, ein absolut schrankenloser Verehrer des Grafen Wilhelm, obwohl er den Grafen mit dessen Friedenssehnsucht eigentlich gar nicht verstanden hat. Penetrant idealistisch wie der ist, will der endlich was Großes erreichen, möchte sich mit einer gewaltigen Tat hervortun. Zugleich scheint er tief drinnen überheblich, hart und kalten Gemüts zu sein. Vermutlich trinkt er dagegen an, mit heißer Schokolade, diesem katholischen, weibischen, verweichlichenden Gesöff. Aber das paßt zu ihm, das paßt schon. Ich dagegen proste mir selbst zu, auch wenn dieser Burgunder nicht gerade der feinste ist und falsch temperiert sowieso. Nun zurück in die Sternschanze, mal sehen, was der Windt unten im Zentralgewölbe treibt, ob er da wieder seine Runden dreht. Vorher noch einen ordentlichen Schluck gegen die Kälte. Der hat geglotzt wie eine Erdkröte, als ich ihm einst die kavalleristischen Potentiale unseres Inselforts andeutete. Zwar ist unter militärischem Gesichtspunkt die Insel eindeutig artilleristisch geprägt. Infanterie, Kavallerie und auch Pioniere hätten hier nur einen minimalen Aktionsradius. Gerade die Kavallerie hätte ihre Möglichkeiten allein hier niemals entfalten können. – Denkt man! Wilhelm aber dachte weiter! Auch die Kavallerie hätte ihren Platz hier, Kavallerie zu Insel und zu Wasser, künstliche Seepferdchen quasi. Solche Gäule mit Schwimmwesten, aus Leder, edel, versteht sich! Das hat der Graf ersonnen. Und dann mit diesen pneumatisierten Schlachtrössern einen Ausfall, einen Entlastungsangriff im Wassergalopp exekutieren. Ha! Potz Blitz und Dunnerschlag! Übers Eis ging's sogar mit gewöhnlicher Kavallerie, fürchte ich. Wenn die Hessen uns bis zum nächsten Winter belagern und auf diesen Trichter kommen, kann's eng für uns werden. So da wäre ich. Nur noch den Niedergang bewältigen und dann mit dem eigensinnigen Fähnrich einen Disput führen. Thema ist: ›Auch am Beispiel der Inselkavallerie zeigte sich das Genie unseres verehrten Grafen Wilhelm‹. Was issas Gegenteil von Größenwahn? Na was wohl: Kleinrealismus, Klein-re-a-lis-mus. Jawoll, Seine Erlaucht, unser hochverehrter Graf Wilhelm litt seinerzeit an chronischem Kleinrealismus. Seine verblichene Erlaucht leben postmortem hoch, hoch, hoch!

Windt sah nach oben. Erst hörte er nur das Brabbeln, dann erschien Rottmanns Gestalt im Treppengang zum Mittelgewölbe der Sternschanze. Rottmanns Silhouette schwankte bedrohlich im schmalen Gegenlicht des engen Zugangs. Der ist so voll wie ein Zweiunddreißigpfünder, dachte

Windt noch, als plötzlich volles Licht den Gang ausleuchtete und der Major polternd die lange Steintreppe herunterrollte. Hilflos, aber auch nicht gerade hilfsbereit, betrachtete der Fähnrich, wie sein Vorgesetzter in schlingernden Kugelbewegungen auf ihn zukam. Erst kurz bevor dieser die unterste Treppe mit der Schulter überwand, trat Fähnrich Windt einige Schritte zur Seite und erwartete die Schlußbewegung von Major Rottmanns Fall. Als der Kommandant mit verdrecktem und über den Kopf gerutschtem Uniformrock zur Ruhe gekommen war, bemühte sich sein Stellvertreter um ihn.

»Seid Ihr in Ordnung, Herr Major?«

»Was? Wieso liege ich hier? Helfe Er mir auf, Fähnrich.«

In Letzterem machte sich Enttäuschung breit. Augenscheinlich war Major Rottmann wieder nichts Ernsthaftes zugestoßen. Der fällt wie eine Katze, es ist zum Speien! Der Leib dieses Trunkenbolds mußte geradezu dafür geschaffen sein, berauscht irgendwo herunterzurollen, ohne Schaden zu nehmen. So würde er nie Rottmanns baldiger Nachfolger werden!

Bereits drei Wochen dauerte die Belagerung. Die Lage schien hoffnungslos zu sein. Der Kommandant Major Rottmann und er, der Fähnrich Windt, hielten zusammen mit 40 Soldaten immer noch den Wilhelmstein gegen eine riesige Übermacht hessischer Truppen, deren lokales Hauptquartier sich im Schloß Hagenburg befindet. Fähnrich Windt war sich ganz sicher: »Es wird keine feindliche Übernahme durch die Hessen geben, Herr Major. Vertraut Euch, mir, besser, vertraut doch unserer Festung unseren Kanonen und unseren Soldaten.«

Major Rottmann gibt seinem Untergebenem zu bedenken: »Es sind vierzig altgediente Soldaten, einige sehr Altgediente.«

»Und die sind erfahren, die verstehen das Kriegshandwerk. Ich beschwöre Euch, Herr Major, wenn wir ausharren, sind wir unbezwingbar. Der Wilhelmstein ist ein herrliches Schlachtschiff, mit riesiger Feuerkraft, dick gepanzert und unversenkbar.«

»Unversenkbar, sagt er. Unversenkbar, so so. Er hat einen merkwürdigen Humor, der junge Herr Fähnrich. Unversenkbar sind wir, weil wir bereits auf Grund liegen!«

Erregt, laut und inkorrekt konterte Windt: »Die werden sich noch schwer wundern, für die auf dem Steinhuder Meer nie genug Wind ist!«

Von draußen, vom Gang der Berme drang eine memorierende Stimme herein: »Kartätschen, Metallbüchsen voller kleiner Eisenkugeln, auf lebende Ziele.«

»Der schon wieder! Sapperlot, es ist ja kaum auszuhalten! Fähnrich, sag' Er dem Kerl, daß er woanders quasseln kann. Nein, besser: geh' Er hinaus und gebe diesem öden Repetitor diesen Zettel. Da steht das Etikett für einen leichten Wein drauf, den soll mir dieser Kanonier von unten holen, der Koch müßte da sein. Aber komme Er gleich wieder, Fähnrich.«

Windt verließ ohne Formalitäten die Stube Rottmanns und kam nach einigen Augenblicken zurück.

»Die Kerls reden gar nicht gut über unsere Situation, weil sich etwas Eis auf dem Meer gebildet hat. Die Lage ist sehr ernst, Herr Major.«

»Die Insel ist hoffnungslos, aber nicht Ernst, sondern Wilhelm. Er, Fähnrich, müßte das eigentlich wissen, denke ich.«

»Herr Major belieben zu scherzen.«

»Galgenhumor, nichts als Galgenhumor. Das durch den Wind gegen die Bewehrungen des Wilhelmsteins gedrückte Eis war bereits eine fürchterliche Attacke für unsere Insel gewesen. Und nun seit vier Wochen diese Hessenköppe!«

»Entweder man will sich erobern lassen, oder nicht, verehrter Herr Major. Ich will es nicht und denk' und handele da so ganz im Sinne des großen Grafen Wilhelm. Die da draußen sind den Schrecken des Eises und der Finsternis ausgesetzt, wir nicht. Wir sitzen hier im Wilhelmstein wie die Küken unter der Glucke, sicher, geborgen und haben eine teure Pflicht zu erfüllen.«

»Teuer fürwahr, Fähnrich. Es kann sehr teuer werden. Wenn die Hessen in ein paar Tagen vielleicht übers festgewordene Eis kommen und wir wirklich einen Teil von ihnen mit flachem und mit steilem Feuer massakrieren, wird der Teil, der uns erreicht – und das sind zehnmal mehr als wir! – wird dieser Teil, der uns erreicht, bezwingt, uns sämtlich schlachten wie die Aale. Denn diese Hessen werden wegen unseres blutigen Widerstandes wie die Furien hausen. Er hat selbst gesagt, daß die in Amerika schon fürchterlich gehaust haben.«

»Herr Major, ich bitt Euch abermals, sie können uns nicht fassen! Wunderbarstes zur Verteidigung haben wir. Noch nie hat eine Festung, die belagert wird, hinter einem so riesigen Wassergraben derart vor Mauern und Kanonen gestrotzt, zudem ersonnen und geschaffen vom genialsten Geist. Wenn sie kommen, wird mein Name nicht mehr Windt, sondern Sturm sein!«

»Er hat zuviel Komödien gelesen, der Herr Fähnrich? Sie sind ihm zu Kopf gestiegen, nicht wahr? Er ist idealisch und ganz verrückt vor Poesie, wie? Doch das hier ist kein vermaledeites Theater, das ist der Krieg. Da heißt es parieren und die Kriegskunst kennen. Er will doch richtiger Offizier werden – oder?«

Ein Überfall – aber wir haben Gräben aufgeworfen, hinter denen die Schützen liegen, um durch ihr wohlgezieltes Feuer den Feind am Landen zu hindern. Sollten die Außenwerke dem Feinde in die Hände gefallen sein, dann wird sich die gesamte Mannschaft in die Sternschanze zurückziehen. Zur Verteidigung unseres Hauptwerkes dienen die Kanonen, die überall aus den Schießscharten hervorschauen und auf den Plattformen aufgestellt sind. Hinter den hohen Brustwehren steht die Mannschaft mit Musketen, Handgranaten, Spießen, Bajonetten und Sichelmessern, und so soll bis zum letzten Blutstropfen die Feste verteidigt werden. Sie kommen uns bereits nahe mit ihren Booten. Und da liegt sie schon vor ihnen, da erhebt sie sich auf dem Meeresspiegel: Bastionen, Ravelins und Courtinen; verdeckte Kasematten, Steine, und bewehrter Turm. Von ihr als Festung, Insel, steinerne Wagenburg sind die Hessen brachial ausgeschlossen wie in einem sturen Mythos. Den sie partout knacken wollen. Verteidigt wird sie von uns, von Fachleuten, Spezialisten, gezieltem Einzelfeuer und Breitseiten. An Geschützen, Mörsern, Gewehren, Raketen und Feuerbüchsen, Ein- bis Zwölfpfündern, Handgranaten, Brandbomben und Salvengewehren stehen wir und warten nur auf die richtige Entfernung. Da gilt kein Ausweichen, gelten keine Finten, die Invasoren müssen ganz direkt auf uns zu, ohne Kompromisse. Volle Kraft voraus und durch ist ihre einzige Chance! Und jetzt haben wir zu feuern begonnen. Kanonen, Pistolen und Gewehre knallen. Pulvergefüllte Flaschen prasseln explodierend. Aus dem Schlößchen, von oben, knattert pausenlos das Feuer unserer Scharfschützen. Ein feindliches Boot ist durchgekommen. Bajonette und Säbel klirren vor der Mauer aufeinander. Mann gegen Mann. Mit Degen, Schwertern, Spießen, Messern und Äxten kämpfen sie um jeden Fußbreit. Das Gemetzel ist so eng, daß man häufig Freund und Feind nicht unterscheiden kann. Die Schreie der Verwundeten hallen über das Meer. Tote liegen auf dem Boden, die meisten sind Feinde. Der letzte Angreifer ist gefallen. Das leere feindliche Boot wird auf den Wilhelmstein gezogen. Unsere Leute ziehen sich wieder in die Sternschanze zurück. Die Kanonen feuern weiter. Drei hessisch occupierte Kähne treiben steuerlos südwestlich ab, Richtung Hagenburg. Die Mannschaften dieser Schifflein hielten sich bis zum letzten Augenblick, trotz unseres gewaltigen Feuers. Wir sahen die Besatzung der Boote taumeln und fallen. Es war ein wahrlich packender Anblick durch's Fernglas: Bruchstücke von Spieren, Holztrümmer, dicke Hanftaue, die zerschnitten waren wie zersicheltes Getreide, herabgefallene Masten, Segeltuchfetzen und Dutzende anderer Gegenstände, die von unseren Geschossen abgerissen worden waren, häuften sich auf den Decks. Es gibt heiße Schokolade für alle. Ich stehe erhobenen Hauptes unter dem gräflichen Banner, erleuchtet vom Feuerschein. Major Rottmann schwimmt kopfunter in den Trümmern der Invasion. So wird es sein. Ich möchte nichts anderes erleben.

»Windt, wir hocken wie eine Kröte in der Regenröhre. Von unserem Gehäuse zwar geschützt, doch unbeweglich, da wir ohne es nichts sind. Hineingezwungen in eine Festung ohne Hinterland, ach, was sage ich, in eine bloße Fluchtburg. Ein Zwangsgemäuer ist es, vor dem mir graust, ein strategisches Symbol, ein Biberbau ohne Unterwassertunnel.«

»Herr Major, ich habe noch einmal über die Lebzeiten des edlen Erbauers unseres Inselforts nachgedacht. Allzeit hat Graf Wilhelm auf eine starke Abschirmung der Festung und der Offiziersschule Wert gelegt. Nie durften mehr als vier Personen und nur mit persönlicher Erlaubnis des Grafen die Festung betreten. Kann es sein, Herr Major, daß wir noch über Waffen mit unbekannter Wirkung verfügen, Waffen die noch nie zum Einsatz gekommen sind, und für die es gerade jetzt, wo die Hessen uns bedrängen, der richtige Zeitpunkt wäre, sie gegen die Feinde ins Feld zu führen?«

»Hahaha. Er glaubt an Wunder, wie? Wir gehen ins Gewölbe in eine geheime Kammer, bringen das dort verborgene neuartige Geschütz in Stellung und lassen gegen die Truppen des Landgrafen mal eben die Hölle los? Er ist einfach kein Realist und nie so nüchtern, wie ich es nach zwei Flaschen noch bin. Und fürwahr, ich habe erst wenig mehr als eine *intus*.«

»Hier auf dem Wilhelmstein wurde schon so manches ausgedacht und ausprobiert, von dem Ihr gewiß mehr Kenntnis habt als ich, Herr Major.«

»Graf Wilhelm hat schon mal über einen Gang, über einen Tunnel unter dem Seeboden nachgedacht.»

»Aber nein, nein, Herr Major, das ist unmöglich, das hat noch nie jemand so gemacht. Unter dem Meeresboden geht das einfach nicht. Wer – mit Verlaub, Herr Major – wer denkt sich solche abstrusen Manöver aus?«

»Hat er schon einmal bedacht, daß der Boden auch in der Tiefe weich ist, aber auch aus dickem Lehm, also wasserdicht. Gute Pioniere graben sich in wenigen Wochen zu uns durch, Fähnrich. Sie legen schwere Pulverladungen unter uns und jagen alles in die Luft.«

»Aber dann könnte der geniale Erbauer des Wilhelmsteins auch den Bau eines Tunnels zum Winzlarer Ufer versucht haben? Er dachte schließlich weiter als seine Zeit und alle seine Gegner.«

»Besser, Er schweigt davon, Fähnrich. Kein Wort darüber zu einem in unserer Besatzung. Wir wollen keine Unruhe schaffen. Und wir wollen hoffen, daß die Hessen nicht auf derartige Ideen kommen. Etwa uns zugleich aus der Luft mit Ballons und durch den Seegrund mit einer Unterminierung zu attackieren. Ein Doppelangriff submarin und supermarin, sapperlot, es wäre teuflisch. Je eher Klarheit herrscht über die Macht in Schaumburg-Lippe, um so besser für alle.«

»Ich fühle mich hier sehr sicher, hier im Wilhelmstein und unter Euerm erfahrenen Kommando. Wir hier sind doch die Avantgarde im Festungsbau, in der Ausbildung, in der trefflichen Ausrüstung und Bewaffnung. Wie schrieb seine Erlaucht: ›Mir ging es darum, mein Land mit dem Wilhelmstein zu einem eisernen Kügelchen zu machen, das zwischen den Zusammenstößen der großen Kugeln bestehen kann.‹ Noch sind wir gänzlich unberührt von den Mühen unserer Feinde.«

»Diese Forts, so wie das hier, in dem wir hocken, sind überholt. Worin wir hier lauern, das hat keine Zukunft mehr. Mag sein, die Hessen verfügen schon über Kanonen, die uns zerschmettern können.«

»Wenn das so wäre, würde uns bei guter Sicht nicht fast täglich ein Parlamentär belästigen und per Kahn zum Aufgeben auffordern.«

Plötzlich wechselte der Major in einen sehr ernsten Ton und senkte die Stimme: »Das Furchtbarste kann er sich nicht vorstellen, Fähnrich. Davon darf nichts nach außen dringen, was ich ihm nun eröffne. – Hat er von den Ballons gehört, die mit Männern in den Himmel aufgestiegen sind?«

»Jawohl, Herr Major, Ihr sagtet es bereits. Aber es ist in jedem Fall ein hübscher Kinderspaß. Man weiß nie, wo so ein Ballon runterkommt, Herr Major, keine Gefahr.«

»Sag' Er das nicht, diese aufgeblähten Dinger sind schon vor vier Jahren über den Kanal, ins britische Königreich geflogen. Wer weiß, was die alles an Bomben und Feuern in ihren Ballonkörben mit sich nehmen können. Wenn die über uns hinwegfliegen, ist es aus mit unserer Uneinnehmbarkeit, vielleicht haben die Hessen schon solche Luftfahrzeuge, von denen aus sie uns bewerfen können.«

Fähnrich Windt lacht bei dieser Vorstellung despektierlich auf: »Ihr macht Euch Gedanken über ein – verzeiht mir – über ein possierliches Vergnügen, Herr Major. So ein Ballon ist wie ein Blatt im Wind, allen Zufällen ausgeliefert.«

»Nun höre Er einmal ganz genau zu, Naseweis. So ein gewisser Professor von Soemmering hat vor drei, vier Jahren mit solchen Ballons herumexperimentiert. Und will Er wissen, wo dieser Professor das getan hat, ja? Das war in Kassel, vor drei Jahren. Jawohl, in Kassel. Das alles geschah unter der Obhut des Landgrafen. Vielleicht ist so ein Ballon schon auf dem Weg zu uns, um das Fort von oben zu demolieren.«

»Sollte uns so ein Luftballon zu nahe kommen, schießen wir mit den Musketen oder einer Drehbasse ein feuriges Loch in seine aufgeblähte Blase und bumm! klatscht er ins Meer.

Ich habe von meinem Freund, dem Euch wohl bekannten Scharnhorst gehört, daß das Gas unter der Ballonhaut brisant ist, empfindlich gegen den kleinsten Funken.«

»Scharnhorst, Scharnhorst, immer dieser Scharnhorst! Er weiß nicht, wovon er redet, Fähnrich. Gegen solche kriegerischen Fahrzeuge aus der Luft ist unsere Sternschanze nicht gebaut, dagegen ist nichts gebaut, gar nichts, versteh er das doch! Wir sind veraltet, alles was um uns herum ist, das ist veraltet, veraltet, ver-al-tet.«

»Das kann und will ich nicht glauben, Herr Major.«

»Ich habe vor langer Zeit Swift gelesen, Swift, diesen englischen Phantasten. Er wird ihn nicht kennen. Dieser Swift hat uns den Luftkrieg prophezeit, in dem Buch über die Reisen eines gewissen Gulliver. Nun ist es soweit, Fähnrich. Menschen in Luftfahrzeugen werden bald vom Himmel aus den Boden mit Feuer und Bomben attackieren. Von oben, dagegen ist kein Kraut gewachsen. Das weiß ich von Bö und Brise.«

»Noch habe ich nichts von militärischen Attacken aus der Luft gehört, Herr Major. Und warum sollte der Wilhelmstein das erste Ziel sein?«

»Eben weil er ohne Eis von keiner Armee der Welt zu nehmen ist. Man läßt sich eben etwas Neues einfallen. Wir werden untergehen wie Atlantis, wie Vineta, wie Rungholt. Er, Fähnrich, er wird das noch erleben. In zwanzig Jahren gibt es keinen Wilhelmstein mehr. Darauf ein Glas vom Roten! Lang Er auch mal zu, Fähnrich, *allez*!«

»Aber nur ein Glas, Herr Major. Ihr wißt, daß unser hochverehrter Graf Wilhelm uns als Kadetten Mäßigung in allen Genüssen gelehrt hat.«

Fast unhörbar murmelte der Major: »Deswegen ist der auch nicht alt geworden, dieser dürre Ladestock.«

»Wie meinen, Herr Major?«

»Der Wein hätte ruhig ein wenig älter sein dürfen, meine ich. Und er scheint, wie soll ich sagen, von einem wahrlich dürren Weinstock zu stammen. Darum auf ein Neues!«

Der Major öffnete mit etwas unsicheren Händen seine dritte Flasche. Zuerst nahm er einen langen Probeschluck aus seinem gläsernen Pokal, dann holte er ein weiteres Trinkgefäß, einen mattglasigen Becher, herbei und stellte ihn vor den Fähnrich. Er füllte beide Gläser fast bis zum Rand und ermunterte danach Windt, den seinen zu nehmen. Rottmann erhob sich mühsam, bekam seinen Pokal gerade so in Mundhöhe und versuchte, heroisch zu sprechen:

»Nichtsdestotrotz, laß uns sas Glas heem! Ein echer Soldat verteidich auch die verlorenssen Possen.«

»Auf Euer Wohl, Herr Major, ich stehe zu unserem gewissen Sieg.«

Rottmann schwankte leicht, das plötzliche Aufstehen und der theatralische Sprechversuch schienen seinen Zungenmuskeln den Rest gegeben zu haben. Aber er trank den Pokal halbleer und beobachtete den Fähnrich, der bloß am Becher nippte, nachdem er den Trinkspruch markig erwidert hatte. Linkshändig winkte der Major ab und lallte mehr für sich: »D...d...der Winn, der Windt, der macht das schon, so wie der Windt so treibt's kein Sturm.«

»Der Wilhelmstein wird jedenfalls nicht übergeben.«

»Er will sich nicht übergehm? – Mach nix, ich wer mich übergehm, gleich ...«

Der Adjudant, Leutnant Meierbeer, meldete sich bei Oberst Schäfer mit einem gerollten Papier in der Hand. Nachdem er lässig salutiert hatte, erteilte ihm sein Kommandeur das Wort. »Herr Oberst, wir haben, anscheinend von einem schaumburg-lippischen Offizier, genaue Angaben erhalten, wie es mit der Bewaffnung des Wilhelmsteins steht. Er will seinen Namen nicht nennen, aber ich denke, Herr Oberst werden schon wissen, um wen es sich handeln könnte. Er gab durch einen Mittelsmann auch an, das zu tun, um unnützes Blutvergießen zu vermeiden und daß er nach ausgestandenem Feldzug uns weiter dienen wolle. Hier ist das Dokument, das ich Euch aushändigen soll.«

Oberst Schäfer nahm das Papier zur Hand, Leutnant Meierbeer meldete sich in den Vorraum ab. Der hessische Kommandeur stellte sich ans Fenster und las – erst mit zunehmendem Interesse, dann gesellte sich wachsende Irritation hinzu. Dem ausführlichen Papier konnte er folgende Fakta entnehmen:

Die Besatzung liegt bei etwa 50 Soldaten und Unteroffizieren, alles altgediente oder schon ältere Artilleristen und Grenadiere. An Offizieren sind nur der sehr betagte Major Rottmann und der schon jahrelang als Fähnrich daselbst dienende Windt stationiert. Proviant wird gewöhnlich für drei Monate vorrätig gehalten. Zur Bestückung der Sternschanze dienen 4 Zwölfpfünder, 4 Sechspfünder, 8 Dreipfünder, 4 Einpfünder und 10 Mörser. Auf den vier Bastionen der Außenwerke stehen je ein Sechspfünder, auf den acht Courtinen je ein Falkonett, also eine sehr kleinkalibrige Kanone, und auf den vier Ravelins je ein Dreipfünder. Außerdem sind fünf Kanonenboote an der Festung vertäut. Zwei sind mit je einem Zwölfpfünder, drei mit je einem Dreipfünder versehen. Unter Wasser ist zudem alles mit Ketten und Pfählen abgesichert, so daß nur an wenigen, geheimgehaltenen Stellen ein Passieren mittels Booten ermöglicht wird.

Oberst Schäfer schüttelte den Kopf. Sollen uns diese Auskünfte nun imponieren oder im Gegenteil anspornen, daß diese Seefeste leicht zu nehmen ist? Diese Angaben sind aufschlußreich, aber kaum hilfreich, da sie Widersprüchliches über die Verteidigungskraft des Wilhelmsteins vermitteln. Allein für die Bedienung aller Geschütze der Sternschanze wären über 100 Mann erforderlich, die es aber dort nicht gibt. Welche Absicht verfolgt also dieser ungenannt bleiben wollende Bückeburger mit solchen Informationen? Mal sehen, was unsere Artilleristen hinsichtlich der Bestückung des Westufers berichten. Wenn wir dort unsere größten Geschütze in Stellung bringen können, werden wir mit dem Wilhelmstein kurzen Prozeß machen. Ich fürchte bloß, daß Graf Wilhelm diese Möglichkeit, besser: die artilleristischen Unmöglichkeiten einkalkuliert hat. Momentan sehe ich nur zwei Chancen: Wenn der Februar noch dickes Eis bringt und wir stürmen können oder wenn diese Handvoll auf der Sternschanze einfach kapituliert.

Zehn Jahre ist er nun tot und er fehlt überall. Er, der mir mehr als ein Vater hätte sein können, dem ich es aber nie zeigen durfte. Ach, Graf Wilhelm, Ihr fehlt so schmerzhaft, niemand ist mehr hier, der Euer Werk fortsetzt. Und mein Freund Scharnhorst, der es ganz gewiß könnte, weilt in hannoverschen Diensten. Hannover ist größer als Schaumburg-Lippe, gewiß. Aber hier, genau hier hätte Scharnhorst der Allergrößte werden können. Die Zeiten des Preußen Friedrich sind sowieso vorbei. Schaumburg-Lippe hat immer noch die Avantgarde des strategischen Festungsbaus in seinen Grenzen, hat den allgemeinen Waffendienst für alle Männer des Landes ins Leben gerufen: Hier könnte man das Unterseeboot, die Hinterladerkanone, die Seeverteidigung und noch so viel anderes weiterentwickeln. Des Grafen verehrter Großonkel Johann Matthias von der Schulenburg, der vor 71 Jahren die Insel Korfu gegen eine Übermacht von Türken hielt, hat damit eine glorreiche Tradition gestiftet. Dem setzten die Venezianer ein Denkmal auf der Insel und in Venedig selbst, das heute noch ragt. Eine kleine Insel gegen eine riesige Übermacht zu halten, das ist wohl das Größte. Wer weiß, wer weiß, mag sein, daß auch ich, wenn ich den Wilhelmstein halte, der Nachwelt ein strahlendes Vorbild werde. Daß meiner später noch gedacht wird als dem Unbezwungenen von Schaumburg-Lippe. Welch ein Nachruhm wäre das! Doch einen anderen Gedanken werde ich nicht los. Starb Graf Wilhelm vielleicht an Erschöpfung, weil er heimlich und persönlich mit Getreuen einen unterirdischen Kanal vom Wilhelmstein aus bohrte und befestigte? Gibt es also einen veritablen Tunnel zum Ufer, eine Unterminierung des Steinhuder Meeres? Ein ungeheuerlicher Gedanke kommt mir da: Ist das sogenannte Unterseeboot, der ›Hecht‹ eigentlich eine Unterwasserbohrmaschine gewesen? Soll nicht irgendwo seine merkwürdige schraubenförmigen ›Nasenspitze‹ aufbewahrt werden, die nichts anderes als ein Bohrkopf mit Handkurbelbetrieb gewesen ist? Aber von Rottmann erfahre ich nichts. Lagert er in seiner Kaverne nicht allein den teuren Wein, sondern auch ein Geheimnis? Kennt er unterirdische Wege, unbemerkt auf die Insel zu kommen? Diese vielen Fragen ohne Antworten, keine Gewißheit, das macht mich fast irre, da ich all das für mich behalten muß. Scharnhorst, wir brauchen dich, wir drei, Schaumburg-Lippe, der Wilhelmstein und ich! Was würde mein fürtrefflicher Freund Scharnhorst an meiner Stelle tun? Ich brauche das Genie aus Bordenau. Bruder Scharnhorst, Gerhard, bitte, sprich zu mir, hilf mir …

Oberst Schäfer stand in einem der Kabinette von Schloß Hagenburg und versuchte, durch die zugetropften Scheiben nach draußen zu schauen. Nichts zu sehen, nur eine milchige Brühe. Er führte ein gemurmeltes Selbstgespräch, um sich die schwierige Lage ganz klar zu machen.

»Unser General, der ehrwürdige und verdiente Loßberg meint, daß die Festung Wilhelmstein auch mit der größten Armee der Welt nicht zu nehmen sei, da sie außer Schußweite der Artillerie liege. Und meine Offiziere sind gewiß, daß keine schwerere Kanone zum günstigsten Ufer gegenüber der Feste zu bringen ist. Alles am Seeufer ist dort unwegsam, nur bodenloser Sumpf. Es bräuchte Monate, wenn nicht Jahre, um das Ufer hinreichend zu befestigen für unsere Zwecke. Aber warten wir mal ab und erkunden unterdessen das Terrain, besonders den See drumherum. Irgendwo muß doch dieser vertrackte Wilhelmstein seine Archillesferse offenbaren. Wir werden das eruieren. Als erstes wird unser junger und ehrgeiziger Leutnant Rückener eine hübsche Bootsfahrt absolvieren und uns flugs über den momentanen Stand der Dinge dort in Kenntnis setzen.«

Der Oberst trat einen Schritt vom Fenster zurück, drehte sich um und rief in sein Vorzimmer: »Meierbeer, weisen Sie den Leutnant Rückener an, eine Schaluppe herzurichten und danach vor mir zu erscheinen.«

Adjudant Leutnant Meierbeer eilte ins Kabinett, salutierte und verließ strammen Schritts Schloß Hagenburg, um den Leutnant zu suchen. Eine Stunde später meldete sich der herbeibefohlene Leutnant bei Oberst Schäfer und nahm dessen Instruktionen entgegen. In den beherrschten Gesichtszügen des Herbefohlenen machte der Oberst eine Nuance von Widerwillen, ja beinahe Verstörung aus. Der Oberst hakte nach: »Also, Leutnant Rückener, Sie werden doch wohl in der Lage sein, ein Boot nach einem Kompaß über so einen simplen Binnensee zu steuern, oder wie?«

»Jawohl, Herr Oberst, aber ich bitte zu bedenken, ich bin kein Seemann, und habe noch nie eine solche Schaluppe wie dieses äußerst enge Fischerfahrzeug durch den Nebel auf ein nicht sichtbares Ziel gesteuert. Man kann ja, mit Verlaub, nicht mal die Insel sehen und das andere Ufer schon gar nicht. Der Erfolg, mit Verlaub, der Erfolg scheint mir da nicht zwingend zu sein, Euer Exzellenz.«

»Papperlapapp, Leutnant, nun zeigen Sie mal Courage und schippern Sie rüber. Es ist Mittagszeit und immerhin haben Sie vier seeerprobte Männer an den Paddeln. Mit Kundschaftern zu Wasser wird dieser verstockte Major Rottmann bei solch einer Wetterlage schon nicht rechnen. Es ist zudem ein Kommando ohne besonderes Risiko für Sie und die Besatzung, Leutnant. Wenn Ihre Schaluppe ausgemacht wird, und die Bückeburger von der Sternschanze eine Kanone abfeuern, können Sie sich sofort wieder unsichtbar machen, bevor die sich einschießen – einfach zurück in den Nebel. Also los, Abmarsch, und immer daran denken, Leutnant: Sie kennen die Karte, halten sich genau auf nördlichem Kurs. Immer schlicht der Nadel nach, dann ist selbst diese Zwergenfestung von Wilhelmstein nicht zu verfehlen.«

Rückener, der ambitionierte hessische Leutnant, salutierte, machte kehrt, begab sich aus dem Schloß, eilte zum

Hagenburger Kanal, rannte fast über den Steg aus modrig schimmernden Bohlen und stieg endlich in den seitlich anliegenden Kahn, der nicht weniger modrig dräute. Die vier ausgewählten hessischen Grenadiere standen schon in dem, was Oberst Schäfer großzügig als Schaluppe bezeichnet hatte, und erwarteten die Befehle des Leutnants. Der stellte sich in den stumpfen Bug, holte den Kompaß aus dem Rock und gab das Kommando zum Anpaddeln. Eigentlich hätten sie sich in dem Holzkasten mit diesen hier üblichen langen Stangen fortbewegen sollen.

Aber diese Kunst, ein schmales Boot mit stumpfen Bug quasi vom Meeresgrund aus abstoßend voranzutreiben, beherrschte keiner von seinen Leuten. Paddeln konnten die und rudern, aber diese Stangentechnik in einem engen Kahn – das würde nichts. Als Leutnant mußte er schließlich navigierend im Bug stehen und wollte nicht durch ungeschicktes Wackeln seiner Besatzung über Bord gehen und ersaufen. So hatte er »Ihr werdet paddeln, Männer!« entschieden und entsprechende Flachhölzer beschaffen lassen, die als behelfsmäßige Stechpaddel dienen konnten.

Was der Oberst seinem Leutnant verschwiegen hatte, war das vertrauliche Angebot eines blinden Steinhuder Fischers, den Erkundungskahn zum Wilhelmstein zu navigieren. Dieser Erblindete im reifen Mannesalter namens Andreas Garbe habe, wie er einem hessischen Unteroffizier mitgeteilt hatte, »noch eine Rechnung mit dem ganzen Pack auf dem Wilhelmstein offen«. Mehr hatte der Blinde gegenüber dem Hessen nicht preisgegeben.

Potz Plötz, dachte der hessische Oberst, soviel Courage hätt' ich den Steinhuder Aalköppen gar nicht zugetraut damals, eine solche Insubordination, Donnerwetter! Andererseits – in einem Nest, wo Familien tatsächlich »Meuter« heißen, sollte das letzlich nicht verwundern. Was der blinde Fischer für sich behalten hatte, war seine eigene, bittere Geschichte.

Vor einem Vierteljahrhundert hatte er als Zwanzigjähriger mit Händen, Kahn und Karren an der Aufschüttung der Wilhelms-Inseln mitgearbeitet. Es gab wenig Lohn für diese zusätzliche Plackerei, und die Fischerboote litten sehr beim Transport der Steine. Die Steinhuder weigerten sich daher im Juli 1762, weiterhin am Bau der Inseln und der darauf zu errichtenden Festung mitzuwirken. Von einem Leutnant, der von zwanzig Grenadieren mit schußbereitem Gewehr flankiert wurde, hatte Garbe nachdrücklich die Fuchtel geschmeckt. Mehrfach schlug dieser Offizier den jungen Fischer mit der flachen Degenklinge heftig über den Rücken, weil der sich lauthals gegen »diesen üblen Dreckhaufen in unserem Fischgewässer« gewandt hatte. Nach drei Tagen Bettruhe mußte der noch ächzende Verprügelte wieder Steine schleppen. Außerdem verschlechterte sich sein Augenleiden zusehens.

Drei Jahre später, als Graf Wilhelm von seinem erfolgreichen Portugal-Feldzug wieder in seinem Schaumburg-Lippe eingetroffen war, wurden die Strafen wegen dieses Steinhuder »Aufstands« verhängt und exekutiert. Nicht allein, daß der Bürgermeister abgesetzt wurde, die Steinhuder mußten zudem noch 500 Reichstaler als Buße aufbringen. Der Vater des augenkranken jungen Garbe hatte 50 Reichstaler angespart, um seinem Sohn eine erfolgversprechende Behandlung des Leidens in Hannover zu ermöglichen. Er mußte die Summe, von der er anderen erzählt hatte, für die Strafzahlung herausrücken. Sein Sohn und er fischten und plackten weiter, fast jeden Tag und machmal auch die Nacht hindurch. Der Wilhelmstein wuchs und wuchs und als er in Gänze aus dem Gewässer ragte, war Andreas Garbe erblindet. Aber er hatte nichts vergessen.

Nun, vor dem Oberst stehend, bekräftigte dieser Fischer sein Angebot, einen hessischen Erkundungstrupp sicher vor die Mauern der Seefestung und zurück zu leiten. So nachdrücklich, wie es der große Standesunterschied gerade noch zuließ, sagte der Fischer Garbe: »Mit Verlaub, das habe ich schon hundertmal gemacht, Herr Oberst. Ich kenne den Kurs und alle seine Tücken im Schlaf. Keine Sorge. Lassen Sie Ihre Leute man an Bord kommen, Excellenz.«

»Er? Ein Blinder? Wie soll das angehen? Will Er mich verhohnepiepeln?« hatte der Oberst herausgestoßen.

Doch der Fischer Garbe hatte nicht locker gelassen: »Aber keineswegs, Hochwohlgeboren. Sehen Sie, Exzellenz, man hat uns Steinhudern mit dem Wilhelmstein kein Geschenk gemacht. Dieses Festungswerk ist seit Beginn der Errichtung bis heute kein Kleinod für uns Steinhuder geworden. Aber wir müssen ja, soweit es recht und billig ist, unserer Obrigkeit Gehorsam leisten.«

»Das müßt ihr, bei Gott, Fischer, daß müßt ihr als brave Untertanen! Aber wie will Er uns ohne Augenlicht als Kundschafter dienen?«

»Euer Hochwohlgeboren, ich befahre seit fast vierzig Jahren unser Steinhuder Meer und bin seit etwa zwanzig Jahren blind. Ich kenne die sich verändernden Strömungen des Wassers, die Geschwindigkeit und Richtung eines Kahns manchmal kaum wahrnehmbar beeinflussen. Ich habe die charakteristischen Geräusche der Wellen im Ohr, die typischen Klänge und Laute vom jeweiligen Ufer her, die Vogelstimmen, die zu jeder Jahreszeit für bestimmte Fluren unseres Meeres besonders sind. Ich kenne alle Winde und in welchem Part sie so und nicht anders wehen oder heulen, ich spüre beim Staken die Beschaffenheit des Seebodens. Und glauben Sie mir, Excellenz, ich habe die Erfahrung, mit wieviel Kraft und Zeit man beim Bewegen des Bootes wie weit kommt, rieche frischere oder morastigere

Ausdünstungen, habe ein langsam erworbenes, aber um so gewisseres Gefühl für meine Position im Meer – all das, Herr Oberst, all das verhilft mir zur trefflichen Orientierung bei jedem Wetter.«

Der Oberst war zwar beeindruckt, blieb aber ungläubig. Was er nicht wußte, was er nicht einmal ahnte, war, wie sich eine präzise innere Detailkarte bei demjenigen herausbildet, der mehrere Dutzend Jahre auf so einem Gewässer quasi lebt.

»Es gibt ja auch so was wie Namen, die die verschiedenen Fluren im Meer bezeichnen, und die ein erfahrener Schiffer blind wiedererkennt. Ich brauche von Steinhude aus nur zwischen Rähmen und Burg hindurch dem Burggrabensgrund zu folgen und mich linker Hand vom Moorbrink zu halten, und schon bin ich zu jeder Zeit und bei jedem Licht direkt vor der Kette und bin dann gleich am Wilhelmstein.«

Oberst Schäfer war nun doch verblüfft – Flurnamen auf dem Wasser – potz Kaldaunen! Daß es sogar noch einen weiteren blinden Fischer am Steinhuder Meer gab, der ebenfalls mehr mitbekam als ein junger, gesunder hessischer Leutnant, wußte der Oberst ebenfalls nicht. Auch dieser Blinde war so gewieft in seinem nautischen Gewerbe, daß ein Sehender durchaus seine Last hatte mitzukommen, wenn dieser alte Kahneigner in seinem kantigen, schmalen Kippelkasten durchs Meer pflügte.

Der Oberst jedenfalls war nach den eindringlichen Sätzen des Fischers unsicher gewesen ob der Annahme dessen ungewöhnlichen Angebots. Aber er hatte eherne Prinzipien, die ihn im Zweifel – und wenn er mal wieder die Grenzen seines Denkvermögens spürte – handeln ließen. Und ein Prinzip lautete: keine Zivilisten! Vor allem werde er nie solche mit einer derart dubiosen Gesinnung ins Vertrauen ziehen wie diesen Fischer Garbe.

Der ist ja ganz wild darauf, diesen Wilhelmstein erobert zu sehen – kurios, kurios! Zwar wäre ein Blinder unter dem Aspekt des Geheimnisverrats hinsichtlich Ausrüstung, Truppenstärke und Zustand seiner hessischen Einheiten ideal gewesen – wer nichts sieht, kann dem Feind nichts berichten – aber ein blinder Lotse? Das riecht nach einer Falle oder nach blankem Steinhuder Irrsinn. Nein, es geht nicht!

Der zeitweilige hessische Kommandant von Hagenburg und Steinhude hatte also den blinden Fischer nach dieser Unterredung in seine Behausung zurückgeschickt. Es nützte nichts – keine und besonders keine einheimischen Zivilisten. Punktum – Leutnant Rückener mußte ran!

Als dessen wenig Vertrauen erweckender moorschwarzer Kahn mit den fünf Soldaten in den immer dichter werdenden Nebelschwaden wie hinter einer Wand verschwand und den Hagenburger Kanal verließ, hatte ihn der Oberst schon aus den Augen und dem Fernglas verloren. Einige Augenblicke später auch aus seinem Hirn, das nun mit jeder Windung vollauf beschäftigt war, sich dem Duft eines gebratenen Steinhuder Hechts hinzugeben.

Seit einer Stunde befand sich Leutnant Rückener bereits mit seinen vier Grenadieren auf dem glatten See. Der Nebel hatte die Sicht inzwischen auf zwei, drei Meter verkürzt, und die Fahrt über den wie tot daliegenden Meeresspiegel schien kein Ende zu nehmen, als sich langsam Falten über den Augen Leutnant Rückeners bildeten.

»Man kann ja gar nichts mehr sehen«, murrte ein hessischer Grenadier überflüssigerweise.

Mit verkniffenen Augen suchte der Leutnant den elend diffusen Horizont ab. Dann stierte er auf seine wackelnde Kompaßnadel, schüttelte den Kopf und drehte sich vorsichtig nach hinten, um durch die grauen Schwaden den Stand der Sonne herauszufinden, die sich allerdings keusch bedeckt hielt. Gerade hatte er für einen Augenblick einen blassen Sonnenstrahl durch das Grau erkennen können, aber das Gestirn war nicht hinter ihm gewesen, wo es hätte sein müssen, sondern steuerbords.

Beim Henker! dachte Leutnant Rückener, wir schippern nach Osten, nicht nach Norden. »Mehr links halten, Kerls, äh – Kurs stark backbord!« bellte der Offizier mit gerötetem Kopf. »Los, los, wir dürfen nicht an feindliches hannoversches Ufer kommen!«

Wo zum Teufel befinden sie sich bloß? Die Fahrt dauerte nun schon zwei Stunden länger, und es kam und kam kein Land in Sicht, Pest und Ratten! Da, plötzlich tauchte ein anderes Boot auf mit zwei Männern an Bord. Neenee, kein Kameraden, bloß Fischer, die immer hektisch nach hinten, Richtung Heck winkten. Was die bloß wollen? Aber die könnte er doch mal fragen … – nein könnte er nicht! Er führte schließlich ein militärisches Kommando, einen Spähtrupp zu Wasser. Vielleicht waren diese Zivilisten bloß getarnte Wilhelmsteiner oder sonstwie den Bückeburgern ergeben und wollten unser ohnehin labiles Boot auf ein Riff lenken. – Gibt es eigentlich Riffe im Steinhuder See? –

»Da, Herr Leutnant, Land!« rief ein Soldat, der steuerbords mit dem Kopf auf etwas Schilfgrünes wies, aus dem sich einige Enten lösten. Es ist zum Speien, fluchte lautlos der Leutnant in sich hinein, das ist nie und nimmer dieser vermaledeite Wilhelmstein!

Langsam wurde dem Leutnant trotz der feuchten Kälte heiß in seinem Uniformrock. Potz Donner und Granaten, wo ist nur das verdammte Ufer dieser widernatürlichen Inselfestung?

»Weiter, weiter, und noch mehr steuerbords, Leute, und leise, leise beim Eintauchen, wir müssen gleich vor der Insel sein«, log er.

Der Oberst würde ihn zur Schnecke machen, hätte er seinen Auftrag nicht bis zur Dämmerung erfüllt und einen detaillierten Bericht gegeben. Fast lautlos glitt der Kahn weiter durch die milchiggraue Brühe, alle waren unterdessen gut durchfeuchtet, die paddelnden Soldaten auch von innen. Plötzlich stießen sie aus einem Nebelkloß heraus in eine helle Zone über dem Wasser und gleich darauf ging ein Ruck durch das Boot. Fast wäre Leutnant Rückener aus dem Bug seines Gefährts gepurzelt und der Kahn umgekippt. Aber der Holzkasten drehte sich halb um seine senkrechte Achse, wackelte noch etwas bedrohlich und blieb wie ein störrischer Esel quer zum Kurs liegen. Verdammt, doch ein Riff, fuhr es Rückener durch den Kopf.

»Das muß so eine Sicherungskette vor der Insel sein, Herr Leutnant«, rief der ganz hinten im Heck Sitzende.

»Das weiß ich selber, Grenadier«, bellte sein Vorgesetzter. Gleichzeitig trat plötzlich die Sternschanze samt Außenwerken aus dem Dunstschleier hervor und baute sich wie ein Gebirge vor der Bootsbesatzung auf.

Innerlich triumphierend zog Leutnant Rückener schnell sein Fernrohr aus dem Rock. Gerade, als er das Glas vor's Auge bringen wollte, knallte ein fürchterlicher Schuß. Wie eine Riesenohrfeige klatschte es gewaltig. Nur fünf Fuß vor ihnen, stieg eine baumdicke Fontäne empor und schüttete ihre Flüssigkeit über die verblüffte hessische Aufklärungseinheit.

»Zurück, zurückrudern, nein paddeln, wenden, sag ich, verdammte Hacke, wenden, los, los!« Mit ungeahntem Elan wurde der einheimische Holzkasten so gedreht, daß er sein Heck schäumend dem Wilhelmstein zukehrte. Nur fünf Wimpernschläge später wurde die feuerspeiende Insel tatsächlich wieder vom Nebel verschluckt.

Gesehen hatte der hessische Leutnant aber nun garnichts, als er nach über vier Stunden so gegen halb Fünf im schon düsteren Hagenburger Kanal einlief. Das Unternehmen »Aufklärung der Lage Wilhelmstein« hatte sich als ein Schlag in's Wasser erwiesen. Gleich darauf, bei seinem in feuchter und zerknirschter Verfassung gegebenen Bericht, blieb Oberst Schäfer erstaunlich gefaßt, bot ihm sogar den Rest vom gebratenen Hecht an. Der knusprige Fischrükken mundete dem erschöpften Leutnant vorzüglich und der trübe Nachmittag entwich seinem Schädel. Der Oberst grinste und haute dem jungen Offizier auf die Epaulette: »Das war ein Schuß in den Ofen, Leutnant!«

Vier lange Jahre hatten sie gemeinsam auf der Kriegsschule des Wilhelmsteins gelernt, geübt, gelitten, die Kammer geteilt, dort manchmal nachts Laute gespielt, wenn es der umfangreiche Dienstplan erlaubte. Scharnhorst war später in unregelmäßigen Abständen zu Besuch auf den Wilhelmstein gekommen, meistens ignoriert von Major Rottmann, der ihn nicht leiden konnte. 1786 hatten sich Windt und Scharnhorst in Hannover zur Vorstellung von Schillers »Don Karlos« getroffen. Fähnrich Wind hatte später auch Major Rottmann davon begeistert erzählt. Rottmans kühler Kommentar war gewesen: »So so, sein Schiller ist ein unwürdiger Deserteur. Und so einen adorieren Er und dieser Scharnhorst? Ist Scharnhorst eigentlich mit diesem grantigen Hoffischer Scharnhorst in Linden bei Hannover verwandt, der da im kurfürstlichen Küchengarten die Teiche bewirtschaftet?«

Verblüfft hatte ihn Windt angeglotzt, aber dann gefaßt gesagt: »Das weiß ich nicht, Herr Major, ich habe nie von selbigem gehört.«

Inzwischen war Scharnhorst in Hannovers Artillerieregiment zum Leutnant avanciert und genoß bereits einen glänzenden Ruf. Windt hatte es gerade mal zum Fähnrich der Artillerie gebracht, klebte quasi auf dem Wilhelmstein fest, und eine Beförderung war nicht in Sicht. Windt war sich klar, daß es seit der Belagerung gewissermaßen ein Verbot gab, Scharnhorst noch einmal auf den Wilhelmstein zu lassen.

»Er ist Offizier einer fremden Macht. Und nicht nur das. Scharnhorst konspiriert und intrigiert in Bückeburg gegen mich. Er ist hier unerwünscht, mache Er sich das klar!« hatte Rottmann ihn mehr beschworen als gemaßregelt. Windt aber wollte gerade jetzt den alten Freund bei sich wissen. Nur Scharnhorst konnte ihn beraten, wie er sich den Hessen, aber besonders dem schwierigen Major Rottmann gegenüber verhalten solle. Und sein Freund würde selbst in einer unwirtlichen Märznacht von Mardorf herüberkommen.

Als es soweit war und der wachhabende Unteroffizier ihm einen hannoverschen Artillerieleutnant meldete, der zum Herrn Fähnrich wolle, bekam dieser feuchte Augen vor Freude. Er umarmte den kurz danach in sein Quartier eintretenden Scharnhorst mehrfach, faßte sich dann und versuchte leichthin zu sagen: »Am besten wäre es, einen Tunnel von Mardorf hierher zu graben, dann wäre jegliche Verbindung leicht aufrechtzuerhalten. »

Scharnhorst entgegnete scherzend: »Ach weißt du, ich halte nichts von einem Tunnel, weil der Tunnel ja auch nicht hält, lieber Windt! Unter Wasser können wir das noch nicht gut genug. Auch der angebliche Tunnelbau Graf Wilhelms wird nicht mehr als ein besonders hohles Gerücht bleiben. »

Scharnhorst legte seinen durchnäßten Mantel und den Dreispitz ab, setzte sich in den abgeschabten Ledersessel und nahm einen Schluck von der heißen Schokolade, die Windt ihm gereicht hatte.

»Es war eine lustige Überfahrt, lieber Windt, reich an Kapriolen und Kalamitäten. Kaum hatten wir Mardorfs

Ufer hinter uns gelassen, da brach ganz unvermutet plötzlich ein Gewitter los, das alle Segel zerriß, wodurch das Schiffchen in ernste Gefahr kam. Es wütete der Sturm und er peitsche die Wellen, und die Wellen, wutschäumend und bäumend, türmen sich auf, und es wogten lebendig die weißen Wasserberge.

Unser See war nicht wiederzuerkennen. Ich blickte zurück ins Kielwasser, Mardorf war schon so weit von uns, aber das bißchen Gefahr durch stürmische See bedrückte mich nicht, sondern erheiterte mein Gemüt. Bedrohung bildet, macht uns besser als zuvor. An die Riemen und hinüber, sagte ich, komme, was da komme! All hands on deck, und dann durch die uns bekannte Kettenlücke in der Wasserbarriere heran an die Sternschanze. Und nun bin ich schon da!«

Scharnhorst hob lachend seine Hände. Windt, der mit vorgeneigtem Oberkörper hingerissen gelauscht hatte, sagte feierlich: »Noch einmal: Sei willkommen, mein lieber Scharnhorst. Ruh dich aus, verehrter Freund. Immer wenn ich dir begegne, sehe ich meine Mängel und die Stumpfheit der Welt. Nach den Schriften Wilhelms über den Verteidigungskrieg habe ich so wenig gelesen, was mich angeregt und im strategischen Denken befördert hätte.«

»Ach ja, mein Freund, du sprichst einen großen Mangel an. Der größte Teil der Militär-Personen setzt die Feder zum Schreiben an, ohne jemals die Kunst, seine Gedanken richtig zu ordnen, erlernt, ja selbst nur einmal drüber nachgedacht zu haben.«

»Trefflich formuliert, lieber Freund, trefflich. Ein Buch, ein Brevier, ein Leitfaden für Offiziere aus deiner Hand, das benötigen wir.«

»Ist schon in Vorbereitung, lieber Windt. Der Titel ist übrigens ›Handbuch für Offiziere in den anwendbaren Teilen der Krieges-Wissenschaft‹.«

»Großartig, Scharnhorst, großartig! Und so klar formuliert. Man muß dem alten Adel zeigen, daß denkende Soldaten wie wir die Zukunft sind.«

»Man wird gründlich umdenken müssen. Ich glaube zum Beispiel, daß die Linientaktik wirklich bald der Vergangenheit angehören wird. Diese ganze Manier, mit ungezieltem Massenfeuer in einer Dreier-Linie vorzurücken, kann durch dichte, tiefgestaffelte Kolonnen, unterstützt durch zielende Schützen, widerlegt werden. Solche Kolonnen werden die Linien zerfetzen, das hat schon unser aller Lehrer Graf Wilhelm gemutmaßt. Daß dabei die ersten Reihen eine solchen vorstoßenden Kolonne fürchterliche Verluste haben werden, ist billigend in Kauf zu nehmen, denn der Erfolg ist da alles. Der Infanterieangriff, so! Verstehst du?«

»Verzeih', mein lieber Scharnhorst, wie soll ich das verstehen? Ich bin hier seit Jahren auf dem Wilhelmstein. Die große, die pulsierende Welt ist furchtbar weit weg von uns. Ich bin Artillerist, was habe ich hier schon für Entfaltungsmöglichkeiten? Ich fühle mich abgeschnitten von jeglicher Entwicklung draußen. Es sind fast nur alte Soldaten um mich, die in preußischer Manier gedrillt worden sind. Die haben keine Ideale, die dienen bloß. Wie sollte ich deine Höhenflüge da nachvollziehen können? Dir wünsche ich, daß du zumindest in Hannover wohl verstanden wirst.«

»Man wird auch verstehen müssen, daß künftige Kriege nicht mehr Sache der Regierenden und ihrer kleinen stehenden Heere sind. Kriege werden künftig Sache der Völker selbst sein, Massenheere. Alle, die es können, müssen künftig an die Waffen, alle.«

»Das hört sich großartig an. Alle Völker gegen alle Völker. Riesige Heere, ein ganz anderer Krieg, eine neue Dimension. Wie groß gedacht. Das wird Schule machen, Scharnhorst.«

»Das wird es, werter Freund, das wird es!«

»Und wie ich hörte, hast du zudem eine neue Art der Feldverpflegung ersonnen und schon ausprobiert. Schmackhafte, heiße Gerichte aus einem großen Kessel für eine ganze Kompanie, statt trocken Brot und Käse. Der Volksmund nennt es, so hörte ich, ›Gulaschkanone‹.«

»Hahaha. Zwar gibt es Gulasch daraus nur sehr selten, doch es ist richtig, solch ein gutes Kesselessen macht eine ganze Kompanie satt. Warum der Töpfe viele, wenn einer genügt? Die Menschen sollen nicht gemästet werden, aber gutgenährte Soldaten sind ausdauernder und kämpfen besser. Gern möchte ich als Erfinder dieser sogenannten Gulaschkanone gelten, wenn die den Leib und die Moral der Truppe stärkt. Ich selbst esse ja, wie du weißt, am liebsten dicke Erbsensuppe mit Kartoffeln, Speck und Majoran.«

»Verzeih mir, Bruder, aber Majoran läßt mich gleich an Major Rottmann denken und macht mir schlechte Laune. Mein Major Rottmann ist zu defätistisch. Zu viel Rott ist an diesem Mann, zu wenig erinnert an das kräftige Aroma des Majoran.«

»Aber ich weiß doch – dank Windt trotzt der Wilhelmstein allen Stürmen.«

»Ich muß viel dagegen tun, hier so allein nicht schwermütig zu werden, während draußen die Hessen auf uns lauern. Mein verschlafener Major hört sowieso nichts, merkt nichts.«

»Ich hoffe, dein Major hört vor allem nicht zu sehr auf den Oberstleutnant von Schroeder, sondern denkt an seinen noch Graf Wilhelm geleisteten Eid. Überhaupt nicht zu trauen ist diesem Oberstleutnant von Schroeder. Man sagt ihm beste Kontakte zum Kasseler Hof nach. Um so schlimmer, wenn Major Rottmann seine Ratschläge vernimmt. Winkelzüge und Defätismus können leicht den Untergang herbeiführen.«

Leutnant Scharnhorst gab jetzt seiner Neigung nach zu dozieren. Windt, der sich oft zu weit vom großen Weltgeschehen wähnte, lauschte begeistert seinem ehemaligen Kameraden.

»Dem Landgrafen von Hessen-Kassel steht kein anderes Recht zur Seite als das Faustrecht. Der Druck von Preußen und Hannover aber wird diesen landfriedensbrüchigen Landgrafen schon in die Schranken zurückverweisen. Und man denkt in der hannoverschen Residenz auch, daß die kaiserliche Entscheidung in Wien die Hessen dann endgültig dazu bringen wird, ihre Truppen aus dem Schaumburg-Lippischen abzuziehen. Ihr müßt nur den Wilhelmstein um jeden Preis halten, damit dieser Raubgraf keine Fakten schaffen kann. Der Wilhelm von der Wilhelmshöhe wird am Wilhelmstein einen tiefen politischen Fall tun und einen teuren zudem.«

Windt wiegte sein Haupt hin und her: »Ach hättest du Recht, teurer Scharnhorst. Aber dieser Rottmann, ach, du kennst ihn ja auch, der hat einfach keine Courage mehr. Der will bloß noch seine Ruhe haben, kümmert sich nicht um die Moral der Truppe und hofft wohl auch, daß wir mangels genügender Vorräte sowieso bald kapitulieren müssen.«

Der Leutnant schüttelte den Kopf und ergriff den rechten Arm des Fähnrichs: »A propos Proviant, mein Lieber. Auf ministeriellen Befehl Hannovers werdet ihr ausreichend verproviantiert. Der noble Herzog von York leistet dazu einen großen finanziellen Beitrag. Hannover steht hinter Schaumburg-Lippe und dem Wilhelmstein. Über den Superintendenten Grupen zu Neustadt am Rübenberge wurde außerdem der Fürstin geraten, den Offizieren auf Wilhelmstein zu befehlen, auf keinen Fall zu kapitulieren. Ein schon pensionierter hannoverscher Hauptmann, Johann Sigismund von Ehrenstein, wird, wie ich hörte, persönlich dafür sorgen, daß die Versorgung des Wilhelmsteins gesichert bleibt. Ein vorzüglicher Offizier übrigens, dem du absolut vertrauen kannst. Seine Schiffstransporte mit Fischerkähnen vom kurfürstlichen Ufer aus können die Hessen nicht behelligen. Und das Beste ist: Sie werden Rottmanns Zaudereien den Wind aus den Segeln nehmen – wenn ich mir mal diesen Scherz erlauben darf.«

»Ein schönes Bonmot, das werde ich gewiß memorieren.«

»Aber lassen wir das, lieber Windt, laß uns in die Saiten greifen. Meine alte Laute hast du ja noch hier, wie ich sehe. Laß uns ein wenig spielen.«

»Das wollen wir tun. Auch wenn ich noch nicht an deine Meisterschaft heranreiche, Bruder, so hoffe ich doch, dich nicht zu enttäuschen.«

»Herr Major, Herr Major, die hessischen Truppen haben tatsächlich das Südufer komplett geräumt! Ein Fischer aus Hagenburg hat das gerade noch einmal bestätigt. Sie haben tatsächlich aufgegeben, Herr Major.«

»Fähnrich, gebt das Kommando für alle bedienbaren Geschütze, Viktoria zu schießen. Eine Freudensalve, weil die Hessen endlich abgezogen sind. Und dann einen Becher Branntwein für alle.«

»Wir haben widerstanden, Herr Major.«

»Jaja. Nun aber raus und schnell die Freuden-Salve abgefeuert.«

Aufmerksam lauschte Major Rottmann, wie draußen die kantigen Feuerkommandos gebrüllt werden, hob seinen mehr als wohlgefüllten Pokal und nahm bei jedem Befehl einen tiefen Schluck.

»Wisch aus!
Patrone in den Lauf!
Setzt an!
Schlagröhre hinein und richtet!

Feuer!«

Schon eine Minute später wieselte Windt wieder in die Stube des Kommandanten, der seinen Kristallpokal abgestellt hatte und gerade eine Landkarte einrollte. Der Fähnrich baute sich gravitätisch auf, grüßte mit großer Begeisterung und meldete mit erhobener Stimme: »Befehl ausgeführt, Herr Major!«

Rottmann legte die Kartenrolle zur Seite, stand auf, grüßte nachlässig und sagte: »Ich habe es zu meinem großen Pläsier gehört, Fähnrich. Und nun nehme Er sich zehn Grenadiere und einen Unteroffizier und fahre damit nach Hagenburg. Dort geht Er an Land, sondiert die Situation und besetzt den Ort. Dann schicke Er mir von dort einen Soldaten herüber, der mir genauen Bericht gibt. Doch zuerst soll mir ein Soldat vom guten Burgunder aus dem Offiziersspeisezimmer bringen. – Hier der Schlüssel zum Verschlag. Doch nein, ich werde mir selbst Besseres aus der Kaverne holen.«

»Jawohl, Herr Major. Ich werde mich jetzt unverzüglich mit den Männern aufs feste Land hinüber begeben. Fähnrich Windt meldet sich ab!«

Doch es kam erst noch einmal anders: Vier Tage später lief Rottmann in seiner Stube, die Arme auf dem Rücken verschränkt, leicht schlingernd langsam auf und ab. »Verdammt, die Hessen sind also wieder zurück?«

»Ja, wir mußten schleunigst Hagenburg räumen. Es war mehr als ein Bataillon im Anmarsch, über 500 Soldaten.«

»Noch einmal verdammt. Also alles gefechtsbereit machen. Das übliche halt. Er kennt das ja. Doch welche Schweinerei planen die Truppen des Landgrafen wohl?«

»Vielleicht müssen unsere Geschütze doch noch ernsthaft mit denen sprechen.«

»Falls wir uns jetzt nicht doch lieber den Hessen zu ehrenhaften Bedingungen übergeben.«

»Aber Herr Major, wir sind genau so stark und unbezwingbar wie zuvor.«

»Mir ist seltsam blümerant zumute, Windt. Die zweite Bouteille war wohl verdorben. Jetzt kann uns nur noch der Kaiser in Wien oder das hannoversche Militär helfen. Aber die machen ja nix, Schaumburg-Lippe wird gänzlich lallen, nein, fallen. Wir sollen alles für die Kapi- Kapitulassion vorbereiten.«

»Wer seid Ihr bloß, Herr Major! Soll es einmal heißen, Ihr hättet nur noch am Wein Interesse gehabt? Soll es einmal heißen, Ihr würdet für ein Gebinde Bordeaux alles aufgeben?«

»Beim Henker! Wa-wa-was willer v-von m-mia Fährich? Was er-erlaub Er sich? Nehm Ähr Hallung an, wenn Er ssu mia schprich! Er iss ein unfeiner, ahnungsloser Rüpel und Karrieremacher. Mir iss sehr übel, bring' Er mich vor die Tür.«

Rottmann hat einfach keinen Nutzen für die Nachwelt, der ist allein an seinem Durchkommen interessiert, dieser altersschwache Mann. Irgendwo soll der auch Kinder haben – ich habe nie eines gesehen. Stattdessen kümmert er sich seit einem Jahr um zwei Kanarienvögel, die er ausgerechnet »Bö« und »Brise« getauft hat. Zwei alberne Kanaris, die in seiner Stube herumschnäbeln, Krach schlagen und auf den Kartentisch kacken. Bö und Brise, pah, was will er mir damit sagen? Einzig Oberstleutnant von Schroeder scheint noch direkten Einfluß auf den Alten zu nehmen und kommt ab und an mal hierher. Der Major selbst schwimmt mehr im Alkohol als im Steinhuder Meer. Der hat sein Hirn in vergorene Trauben eingelegt und keinen Boden mehr unter den Stiefeln. Auch ekelt mich diese Verpreußung an. Überall diese verfluchte Verpreußung. Selbst der alte Rottmann, diese Saufnase, hat keinen Landesstolz: »Sprech Er, Tue Er dies, tue Er das.« Was ein Dreck, zum Erbrechen ist das. Warum kann er nicht »Sie« oder »Ihr« zu mir sagen, dieses wandelnde Rotweinfaß? Wie sagte Rottmann: ›Jetzt können uns nur noch der Kaiser in Wien, die Preußen oder das hannoversche Militär helfen. Schaumburg-Lippe wird gänzlich fallen.‹ Ha! Der einzige, der dauernd fällt, ist mein alter Major, mal die Treppe hinunter, mal in Wassergräben zwischen den Vorwerken. Neulich ist er sogar über eine Geschützlaffette gestolpert, mit einer Flasche Roten in der Hand. Er hatte sich die Hand zerschnitten und war über und von Blut und Rotwein besudelt. Hahaha. Na, was solls. Es ist vielleicht das einzige Blut, das auf dem Wilhelmstein in diesem Krieg vergossen wird. ›Schaumburg-Lippe wird gänzlich fallen.‹ Hahaha. Das wird nicht der Fall sein. Nicht, solange ich hier mich den Plänen zur Kapitulation widersetzen kann. Es könnte aber auch mein Ende sein, daß ich mich dem Defätismus des Majors widersetze. Gehorsamsverweigerung. Er könnte mich nach dem Reglement erschießen lassen, wenn er's Ernst nähme. Jetzt oder später. Aber seltsamerweise hat er bisher nicht mit derartigem gedroht, sondern hat mich machen lassen. Rottmann weiß bestimmt, das seine Zeit zu Ende geht und meine erst beginnt. Vielleicht ist er so etwas wie weise. Ach, was weiß ich. Der Wilhelmstein wird gehalten, mit oder gegen Rottmann.

Zwölf Tage später stürmte Fähnrich Windt, kaum daß er noch salutierte, in die Stube. Major Rottmann war in ein Buch namens »Der Sturm« vertieft und gewährte dabei seinen Füßen ein heißes Bad in einer Steingutwanne. Windt nahm flüchtig Haltung an und strahlte wie die Sommersonne: »Herr Major, verzeiht, ich muß Euch stören. Herr Major, draußen wartet ein reitender Bote – nein, ein heranschippernder Bote mit einer Entscheidung aus Wien. Er sagte mir bereits, daß der Kaiser das Ende der Besetzung

Schaumburg-Lippes verfügt habe, ansonsten Hannover und Preußen den Hessen Beine machen würden. Hier ist die kaiserliche Urkunde mit der Entscheidung.«

Rottmann schrak zusammen, riß seine Füße aus der Schale heißen Wassers, ließ das Buch fallen: »Was? Her damit! – Potz Most! Na so ein Wunder laß ich mir gefallen. Es gibt also auch im wirklichen Leben den Deus ex Machina! Wenn das so ist wie im Theater, dann soll er nur weiter seine Kommödien lesen, Fähnrich, meinetwegen auch den Schiller.«

Der Kommandant hatte nur einen kurzen Blick auf das Diplom geworfen, es dann beiseite gelegt und seinen Fähnrich erwartungsvoll angeschaut.

»Ich danke Euch, Herr Major! Die hessischen Truppen werden nun endgültig das Südufer räumen. Ein Fischer aus Hagenburg glaubte das schon heute morgen beobachtet zu haben. Die Kasselaner haben tatsächlich auf ganzer Linie verloren, Herr Major.«

Ächzend hielt Rottmann seine Füße über den dampfenden Behälter, ließ das Wasser abtropfen und stöhnte: »Ich benötige unbedingt einen Leibdiener oder so etwas, meine Knochen werden immer ungelenker. Windt, reiche Er mir mal das Tuch da, damit ich meine armen Glieder trocknen kann.«

Gemächlich rieb sich der Inselkommandant die geröteten Füße und hob dann seinen Kopf zum immer noch nach weiteren Anweisungen Bebenden: »Fähnrich, noch einmal eine Freuden-Salve, weil die Hessen endgültig weg sind, auch wenn es peinlich dünkt. Und einen Becher Branntwein für alle Unteroffiziere und Mannschaften.«

»Wir haben doch noch widerstanden, Herr Major. Schaumburg-Lippe ist frei. Wir haben Fakten geschaffen und der Kaiser hat uns Recht gegeben. Der Wihelmstein bleibt unbezwingbar!«

Rottmann wedelte gutgelaunt mit der Hand und brummte: »Jaja. Nun aber raus und den Branntwein verteilt. Ich werde gründlich meinen Vorrat an Rotwein überprüfen. Die Welt ist gar nicht so schlimm, man muß sie bloß erklären. Ich weiß gar nicht, ob ich bis zu meinem Lebensende noch einmal nüchtern werden möchte!«

Der Major machte sich auf den Weg nach ganz unten, wo hinter den dicken Mauern der Sternschanze sich nicht nur die kanonengespickten Kasematten wölbten, sondern auch seine kleine, sehr private Kaverne sich verbarg.

Mit dem größten Kanonenboot war schon zwei Tage später Oberstleutnant von Schroeder an den Wilhelmstein herangekommen, hatte die Wasser-Barriere öffnen und das Schifflein festmachen lassen. Nach einem kurzen Gespräch mit dem an diesem Tag ungewöhnlich nervösen Festungskommandanten Major Rottmann befahl er vier Kanoniere zu sich, unter ihnen war wieder Mammwah.

Die meisten Soldaten des Wilhelmsteins waren an diesem Tag unter dem Kommando Fähnrich Windts auf das Gelände der Artillerieschule bei Steinhude ausgerückt. Außer Major Rottmann waren nur noch sechs Mann einschließlich des Sergeanten Cauhlenfeld präsent gewesen. Es galt die zwei großen Truhen aus der ansonsten leeren, aber abgesperrten Zelle zu verschiffen. Die Kanoniere trugen die beiden Holzbehälter nacheinander, jeweils zu viert. Mammwah stellte verwundert fest, daß eine der verschlossenen Truhen leichter war, als er angenommen hatte. Es war also etwas herausgenommen worden. Sobald die vier ihre Lasten auf dem Kanonenboote abgesetzt und es verlassen hatten, kam der Oberstleutnant an Bord, hieß die Soldaten darin, die Leinen zu lösen und sich in die Riemen zu legen. Das Ganze hatte keine halbe Stunde gedauert.

Was Mammwah erstaunte, war, daß sie einige Wochen darauf – Fähnrich Windt weilte gerade im Hagenburger Schloß – diese beiden nun versiegelten Truhen in die freie Zelle zurücktragen mußten. Diesmal waren beide Mammwah leichter vorgekommen. Mit diesen eisenbeschlagenen Kästen hatte Oberst von Schroeder – er war um einen Rang aufgestiegen – einen auffallend großen und derangiert aussehender Kerl in einer fremden Uniform mit in die Festung gebracht. Das war der neue Leibdiener des Majors, den alle fortan nur Dacke nannten.

Einen Monat später mußten sie die zwei Holztruhen wieder auf ein Boot schaffen; diesmal war von Schroeder nicht dabei. Diesmal hatte ein hoher ziviler Bückeburger Rat, eskortiert von vier Leibgardisten, das Kommando. Mammwah war aufgefallen, daß Major Rottmann betont unterwürfig und dienstfertig um diesen Hofrat herumgewuselt war. Mammwah, der wieder mit anpacken mußte, wußte nicht, ob seine Wahrnehmung beim Tragen trog: Nun wogen die Truhen genausoviel, wie beim letzten Transport auf den Wilhelmstein. Beim letzten Hin- und Rücktransport war anscheinend in ihnen nichts verändert worden.

In Bückeburg und im ganzen Schaumburger Lande herrschte überwiegend große Freude über diesen vollständigen und damit gewaltigen Sieg. Ganz besonders stolz war man darauf, daß der kleine Wilhelmstein sich gegen eine riesige Übermacht so vorzüglich bewährt hatte. In der Residenzstadt Bückeburg gab es mehrere halbherzige Anläufe, Hofleuten, Offizieren und anderen an den Kragen zu gehen, die mit den Hessen paktiert hatten oder gar sofort offen zu ihnen übergelaufen waren. Einige Scheiben von Behausungen dieser Personen gingen zu Bruch, aber verletzt wurde niemand. Fürstin Juliane schrieb eigenhändig an Rottmann einen Brief, in dem sie ihm meldete, daß sie »extra Belohnungen für die Besatzung« spenden wolle. Major Rottmann bekam nachträglich für die Monate Februar und März doppelte Löhnung. Fähnrich Windt immerhin 11 Reichstaler Zulage. Auch an die Unteroffiziere und Mannschaften wurden pekuniäre Belohnungen verteilt; einige, wie der Kanonier Mammwah, erhielten sogar 10 Reichstaler auf die Hand. Zwei Steinhuder Matrosen, welche beim Lebensmitteltransport ein wenig überraschend dem gräflichen Hause die Treue gehalten hatten, erhielten jeweils 3 Reichstaler.

Major Rottmann, angetrunken und trunken vor Freude über weitere wiederholt vorgebrachte Anerkennungen »als Held des Wilhelmsteins«, ließ noch einmal sämtliche Kanonen der Festung donnern. »Um dadurch«, wie er mit schwerer Zunge vor seiner angetretenen winzigen Garnison kund tat, »dieser ruhmreichen Episode des Wilhelmsteins einen würdigen Abschluß zu verleihen.«

Die erfolgreichen Verteidiger waren aber etwas verstört, Fähnrich Windt sogar tiefgetroffen, daß schon zwei Monate nach dem endgültigem Abzug der Besatzer ein Minister des Landgrafen auf dem Wilhelmstein herumspazierte. Er war Gast und in Begleitung der Fürst-Regentin Juliane, die der Inselfestung einen Besuch abstattete. In ihrem Gefolge waren außerdem der hessische Oberst Schäfer, der von Hagenburg aus die Belagerung geleitet hatte, und der dauerlächelnde, kürzlich hessischer Oberst gewordene von Schroeder. Offensichtlich war Bückeburg an Versöhnung interessiert und mehr denn je an guten Beziehungen zu Kassel.

Ich kenne die Pläne, den Ehrgeiz des Landgrafen von Hessen-Kassel und sein unersättliches Geldbedürfnis. Jetzt wo er nichts mehr durch den Verkauf seiner Landeskinder und ganzer Regimenter an die Briten verdienen kann, sucht der neue Quellen. Immerhin hat er wegen der amerikanischen Revolte gegen England jährlich wohl 500.000 Taler an verkauften und verliehenen Soldaten verdient, so sagt man. Wegen dieser vertrackten Unabhängigkeit ist das große Geschäft nun geplatzt. Aber Soldaten hat er mehr als genug, und erfahrene Offiziere und Generäle wie den alten von Loßberg auch. Auch nach der Wiener Entscheidung, daß Hessen-Kassels Truppen wieder abziehen müssen, der Landgraf keinerlei berechtigte Forderungen gegenüber der Regentin Juliane habe, wird der Landgraf nicht aufgeben. Der nicht, der will die Lipper Grafschaft schlucken, der gibt nie auf. Doch dazu benötigt er auch Landeskundige. Ich habe als junger Mensch die Enttarnung des Regierungsrats mitbekommen, der den Hessen alle wichtigen Bückeburger Unterlagen und Akten weitergegeben hat. Sein Vorgehen habe ich viel später noch einmal genauer untersucht. So geht das natürlich nicht. Besser ist es, wie jetzt anläßlich der Besetzung durch die Hessen, die Zeichen der Zeit zu sehen und ganz offen Seiten zu wechseln. Ich weiß um die langfristigen hessischen Pläne und selbstverständlich kenne ich den mittlerweile niedlichen Militärapparat Schaumburg-Lippes wie meine Westentasche. Meine Zukunft kann bloß in der hessischen Armee liegen, Schaumburg-Lippe ist einfach zu klein. Seit Graf Wilhelms Tod scheint diese Grafschaft hinsichtlich ihrer Bedeutung noch weiter zu schrumpfen. Ich mußte an meine Zukunft denken und General von Loßberg weitere Details des Wilhelmsteins mitteilen, nicht völlig anonym, damit man sich später an mich erinnerte. Die Begründung, daß ich unnötiges Blutvergießen vermeiden wollte, ist einfach und triftig. Und ich wollte einfach mal sehen, ob die hessische Armeeführung damit etwas anfangen konnte. Ich bin eben auch ein Spieler. Es gab keine Toten, die Hessen blieben hilflos, ich bin somit kein Verräter. Man hofft in Kassel auf den Tod des jungen Erbgrafen Georg Wilhelm, dem kränkelnden potentiellen Nachfolger Fürstin Julianes, um sofort wieder zuzuschlagen. In Rinteln stehen die Einheiten Generalmajors von Wurmb immer noch quasi Gewehr bei Fuß. Sollte Georg Wilhelm sterben, würde man erneut einmarschieren, daran soll der Landgraf von Hessen-Kassel in vertraulichen Gesprächen keinen Zweifel gelassen haben. Weiß Gott, ich wäre der ideale Mann an der Spitze, wenn es tatsächlich zu einer Annektion der kleinen Grafschaft kommen würde. Und natürlich kenne ich die Schätze, die auf den Wilhelmstein gebracht worden sind und dort gehütet werden. Mit denen könnte ich leicht meine pekuniäre Situation deutlich verbessern. Es gilt bloß, mir diese Prunkstücke anzueignen, von denen die Fürstin sowieso keine rechten Vorstellungen hat. Davon wissen auch meine Hessen nichts. Da muß ich freilich sehr geschickt vorgehen und jetzt die unruhigen Zeiten nutzen, um meinen großen Coup zu landen. Wenn es dann wieder ruhiger wird, und der kostbare Hort nach Bückeburg zurückgebracht werden soll, darf dem Augenscheine nach allerdings nichts fehlen. Ich muß auch für Bückeburg ein absolut integerer Offizier bleiben, jedenfalls solange es dort noch eine eigene Landesherrschaft gibt.

Der Gaul hatte die letzten Meilen gelahmt. Dacke Trängkeburg, wie er sich hierzulande nannte, war abgestiegen und hatte ihn am Zügel geführt. So kamen sie beide, in verschiedenem Rhythmus hinkend, am späten Vormittag vom Norden her in den Flecken hinein, der Steinhude heißt. Dacke war erschöpft, und weil er nicht mehr reiten konnte, fühlte er sich völlig am Ende. Am Ortsrand fand er einen Hufschmied, der den Hinkenden in seiner derangierten blau-gelben Uniform höchst mißtrauisch musterte. Dacke fragte ihn, ob mit dem Pferd noch was zu machen sei. Der sah sich kurz die Hufe an und befühlte die Gelenke des Tiers.

»Nee, der ist hin«, sagte er. »Aber achtzig Schritt weiter, dahinten, da wohnt der Schinder, der nimmt den Gaul. Zwei, drei Taler für Haut und Knochen sind da noch drin.«

Dacke bedankte sich traurig und suchte diesen Abdekker auf. Nach kurzer Verhandlung mit diesem bekam Dakke zwei Reichstaler ausgehändigt. Er rieb seinem schnaubenden Pferd zum Abschied den schweißnassen Hals und entfernte sich hastig in den dichter bebauten Teil Steinhudes. Der Ort sagte ihm zu. Jetzt, wo er völlig aus der Reichweite der schwedischen Armee und ihrer Agenten war, konnte er ruhig einige Monate verweilen. Er brauchte dringend eine Arbeit, ein Einkommen. Noch dringender aber benötigte er frisches Wasser.

Dacke sah sich um. Aus einem Haus kam eine hochgewachsene Frau mit zwei leeren hölzernen Wassereimern. Einfach ihr nach, dachte er, und folgte der kraftvoll ausschreitenden Rothaarigen. Ihr Gang gefiel ihm, und als sie am Brunnen angelangt war, bedauerte er fast, daß sie nun stand. Noch während sie die Eimer abstellte, sah sie sich zum Näherkommenden um.

»Was willst du?« – Offenbar hatte sie ihn schon früher bemerkt, als er dachte.

»Ich will bloß Wasser, gute Frau, bloß Wasser.«

Sie musterte ihn unverholen von oben bis unten und entgegnete dann: »Ich bin Anne, nicht irgend jemandes gute Frau. Aber nimm erst mal vom Wasser. Das mit den Eimern braucht bei solch heißem Sommer seine Zeit.«

Sie ließ ein Holzgefäß kurz in den Brunnen hinunter und holte ihn zu einem Viertel gefüllt wieder hoch.

»Da, trink!« sagte sie und sah zu, wie der Hüne den Eimer an seine Lippen setzte. Dacke machte immer wieder eine Trinkpause, um sich den Magen nicht zu vergrämen.

Nach einigen Zügen hatte er seine Labung beendet und sagte mit etwas komischer Artigkeit: »Danke, Anne, Danke. Ich bin übrigens Dacke.«

Die Angesprochene runzelte die Stirne, zuckte mit den Schultern, drehte sich zur Brunneneinfassung und ließ einen Eimer hinab. Dacke verharrte noch einen Moment unschlüssig neben ihr und mit einem »Adieu« bewegte er sich gedankenschwer weiter in den Ort hinein.

Dacke stammte aus Dongebu, einem winzigen Dorf im Smoland, wunderbar gelegen, aber bitterarm. Er fragte sich, ob er das sanfthügelige Land mit seinen wahrhaftig steinreichen, lichtdurchfluteten Mischwäldern jemals wiedersehen würde. Ob er je im ruhigen sommerwarmen Sandschön wieder ausdauernde Schwimmausflüge genießen würde. Ein wenig gemahnte ihn das Steinhuder Meer an diesen See, der sich fast direkt vor seiner elterlichen Haustür ausdehnte. Das Wasser des Sandschön dort oben im Smoland war auch leicht moorgebräunt, in ihm lag auch eine kleine Insel, allerdings schon seit der Eiszeit, und sie war einladend, baumbestanden und friedlich. Manchmal hatte er dort auf diesem moosgepolsterten Eiland allein oder mit Freunden Julinächte zugebracht. Sie waren mit einem breiten Kahn zu ihm hinübergerudert, hatten später am offenen Holzfeuer frisch aus dem See gefangene Fische gebraten und irgendwelche Lieder geschmettert, vor allem dann, wenn Bengt eine Flasche Akvavit aus dem Laden seines Vater herausgeschmuggelt hatte. Trotz alledem hatte er sich als Achtzehnjähriger gern und voller Neugier in die schwedische Armee aufnehmen lassen. Sein Vater hatte das zwar geduldet, aber es hatte ihm ganz und gar nicht gepaßt. Hatte er seinen Sohn nicht nach dem smoländischen Aufrührer Niels Dacke genannt, der vor über dreihundert Jahren den Schwedenkönig Gustav Wasa fast auf die Knie gerungen hätte? Und nun will sein Sohn Dacke einem schwedischen König dienen und das auch noch aus freiem Willen! – Den alten Erik Dagdriver bedrückte das, aber er hatte seinen Sohn mit guten Wünschen ziehen lassen.

Zwar mochte Dacke die hellen warmen Sommer und die jagdreichen Schneemonate in und um Dongebu, aber das Dorf war arm und allzu weit von allem, wo sich etwas Neues, Aufregendes, Erregendes ereignete. Mit einer schwedischen Abteilung als Reiter nach Süden zu ziehen und große Städte dies- und jenseits der Ostsee kennenzulernen, das war neben dem garantierten Sold sein Anreiz gewesen, dem Smoland ein letztes »hej do« zu sagen. Daß er nie mehr nach Schweden, nie mehr nach Dongebu zurückkommen sollte, war ihm da noch nicht in den Sinn gekommen.

In deutsche Lande war Dacke vor zehn Jahren durch die Abkommandierung seiner Schwadron Kürassiere nach Stralsund an der deutschen Ostseeküste geraten. Dort herrschte wie im übrigen schwedischen Königreich Frieden und man kam gut mit der deutschen Einwohnerschaft zurecht, welche an der Prosperität der schwedischen Lande ihren Anteil hatte.

Zwar waren die Saufereien unter den Kavalleristen durch eine strenge Disziplinarordnung sehr beschränkt worden, fanden aber dennoch statt. Dacke war nach zwei Jahren zum Unteroffizier avanciert, und sein Rittmeister hatte ihm gute Aussichten auf den Rang eines Wachtmeisters gemacht, als eine Wette seine kleine Karriere beendete. Er hatte stark angetrunken behauptet, rückwärts auf seinem Pferd sitzend nicht allein reiten zu können, sondern auch auf ihm ein Hindernis von über drei Ellen überspringen zu können. Die Wette galt und Dacke mußte gleich zeigen, was er konnte. Es war nicht genug. Er fiel vom Pferd, überschlug sich dabei und verdrehte sich beim Aufkommen mit dem rechten Stiefel gründlich sein Knie. Brüllend blieb er liegen, hatte die Wette um ein Fäßlein Akvavit verloren und konnte sein Bein nur im Winkel von neunzig Grad gebrauchen. Er war als Kavallerist ausgefallen und hatte noch die Gunst, daß diese dumme Verletzung offiziell als Unfall galt und er als Hilfe in die Bataillonsküche versetzt wurde. Dort putzte er sitzend und ächzend ganze Haufen von Gemüse, schnitt alle möglichen eßbaren Tierhälften zurecht und wusch Berge schmierigen Offiziersgeschirrs ab.

Sein rechtes Knie blieb unterdessen nicht steif, da er immer wieder – wenn auch unter Stöhnen – es gerade zu strecken versuchte. Nach einem halben Jahr Küchendienst konnte er wieder zügig gehen, aber nicht mehr aufs Pferd steigen, geschweige denn abspringen. Dacke war künftig kein Reiter mehr. Er wurde endgültig in die Küche abkommandiert, wurde erst vom Koch gerade so geduldet. Doch schon nach ein paar Wochen, als sich Dacke schnell auch als tüchtiger Gehilfe bei mehrgängigen Speisen für hohe Offiziere und ihre Gäste bewährte, hatte er beim cholerischen Küchenmeister Eindruck gemacht. So hätte er sich eine bekömmliche Dienststellung als Küchensoldat sichern und sich rund fressen können, wenn er nicht unruhig geblieben wäre und eine unbestimmte Lebensgier ihn von den gefüllten Töpfen weggetrieben hätte. Jedenfalls hatte er weiterhin, manchmal unter den wohlwollenden Blicken des Feldchirurgen, seine Beinübungen gegen den schmerzlichen Widerstand fortgesetzt. Er wurde wieder beweglicher, er konnte wieder schwer tragen.

Einmal hatte er sich in einigen unbeobachteten Minuten auf ein gesatteltes Pferd gequält. Er konnte darin sitzten, schrie allerdings beim Versuch auf, dem Schimmel fest die Schenkel in die Flanken zu drücken. Da machte das Knie dann doch nicht mit, und er war vorsichtig wieder aus den Steigbügeln zu Boden geglitten. Aber immerhin waren, trotz eines nicht verschwindenwollenden Hinkens, die Aussichten, bald abhauen zu können, gar nicht schlecht. Denn das wollte Dacke nun, enttäuscht von der Langeweile in Stralsund, fast zermürbt vom Eingesperrtsein in den Küchendunst und der aussichtslosen Schufterei von morgens bis in die Nacht, fast nur entgolten durch Speisen aller Art und Menge. Nachts verschwinden mit einem Pferd über die Grenze, durch das Herzogtum Mecklenburg, dort Zivilkleidung organisieren, rein nach Preußen und dann mal weitersehen. Auf keinen Fall durfte er allerdings preußischen Soldaten in die Hände fallen, die hätten ihn gleich wieder gemustert und eingekleidet, vielleicht vorher noch arretiert – oder ihn sofort als schwedischen Spion exekutiert.

In einer friedlichen Frühlingsnacht, als die Truppe vor den Toren Stralsunds ein prächtiges lärmendes Manöver durchgeführt und das Offizierscorps samt Unteroffizieren und Gemeinen eine großzügige Bierspende des Kommandierenden verzehrte, war es soweit. Dacke, allgemein bekannt wegen seines Amtes in der Feldküche, konnte sich im Lager, an den Koppeln und bei den Posten problemlos herumtreiben. In einem günstigen Augenblick, als auch die Pferdewachen verstohlen und verbotenerweise an ihren vollen Bierkrügen nippten und nuckelten, hatte Dacke einen vorher ausgeguckten Gaul losgebunden. Nachdem er diesen am Zügel ein paar hundert Metern weg vom Zeltlager geführt hatte, war er ächzend aufgesessen und im verhalteten Trab gen Süden geritten. Tags hatte er sich versteckt gehalten und nachts sich weiter nach Westen bemüht. Wenn er nichts anderes stehlen konnte, hatte er sich von Wurzeln, Pilzen, manchem Rebhuhn und Beeren aller Art ernährt. Als er sich ins Schaumburgische durchgeschlagen hatte, war er rank und schlank wie eine Gerte geworden, aber auch abgerissen wie eine Vogelscheuche.

So stand er nun schnuppernd auf einer sandstaubigen Straße Steinhudes und war plötzlich leicht irritiert. Unter dem Gestank von Mist, Qualm und dem Duft von Fischräuchereien tauchte ganz fein ein hier unerwarteter Geruch auf. Dacke ging einfach seiner Nase nach. Dieses Aroma kannte er doch? Genau, es waren die heißen Getränke, die er in Stralsund bei Offiziersbanketts oder Besuchen von Angehörigen der königlichen Familie zubereiten half: Schokolade. Entweder nahm hier jemand gerade einige Krüge davon zu sich – oder? – oder was?

Als der Duft am intensivsten geworden war, stand er vor einem großen Haus, auf dessen Wand ein Schild angebracht war mit der Inschrift »Chokoladen-Fabrication Meinecke«. Unschlüssig blieb Dacke stehen, überlegte einen Moment, aber ging dann durch das geöffnete Tor in den Innenhof. Mehrere beschürzte Männer luden gerade einige Säcke von einem kleinen Leiterwagen ab, beaufsichtigt von einem anderen in gutbürgerlicher Kleidung. Scheinbar teilnahmslos stand neben diesem ein untersetzter, fast bullig wirkender offensichtlich hochrangiger Offizier, der an einer qualmenden Tonpfeife sog. Dacke gab sich einen Ruck und schritt so gleichmäßig, wie er eben konnte, auf den Aufsichtsführenden zu. Der zog die Augenbrauen hoch, als er den großen, abgerissenen Mann mit schmutzigen Reiterstiefeln auf sich zukommen sah. Dacke nahm seinen Hut ab, verbeugte sich, stellte sich in dürren Worten als Dacke Trängkeburg vor und brachte sein Begehren hervor.

Er sei Koch gewesen und könne sich vorstellen, bei der Herstellung des köstlichen Gebräus hilfreich zu sein. Der Angesprochene musterte ihn von oben bis unten und sagte dann, es täte ihm leid, aber er brauche niemanden. Der Offizier hatte bis zu diesem Moment keinerlei Reaktion auf den Nachfragenden gezeigt. Nach dem ablehnenden Bescheid nahm er die Pfeife aus dem Mund und sagte: »Lassen Sie man, Meinecke, ich glaube, für den habe ich Verwendung.«

Der Offizier wandte sich an Dacke: »Er ist offensichtlich schwedischer Kavallerist gewesen, Trängkeburg, und Er sagt, daß Er kochen kann. Gut. Unser Major Rottmann, drüben auf dem Wilhelmstein, ein alter, aber honetter Mann, sucht einen Leibdiener. Will Er mitkommen und dort diesen Dienst verrichten, auf Ehr' und Gewissen?«

Dacke war verblüfft über das schnelle und gerade Angebot. Eine Insel? Nichts besser als das! Und unter Soldaten eines ganz anderen Landes war er vor der schwedischen Obrigkeit absolut sicher. Außerdem – vielleicht würde er diese rothaarige Anne wieder treffen; sie hatte ihn beunruhigt. Doch erst mußte er wissen, woran er eigentlich war mit diesem Offizier.

»Darf ich fragen, Euer Exzellenz, wer Ihr seid?«

»Das darf Er. Oberst von Schroeder. So, und in einer halben Stunde, wenn ich mit Herrn Meinecke einig geworden bin, gehen wir hinunter zum Seeufer. Dort wartet schon ein Boot auf mich. Er kann nachher beim Ausladen zweier Kisten auf dem Wilhelmstein zupacken. Also, warte Er hier auf mich.«

1789

Um 1760 hatten sich einige hervorgetan, die heute zur Stammbesatzung der Festung gehörten. Zum einen war die Präzision und Schlagkraft der Bückeburger Batterien im Siebenjährigen Krieg schnell allgemein bekannt geworden und mit kriegsentscheidend gewesen, auch dank des genialen Geschicks Graf Wilhelms. Doch nicht nur Veteranen der Artillerie waren auf dem Wilhelmstein stationiert, auch eine andere Waffengattung war noch mit einigen Altgedienten auf der Sternschanze vertreten.

Sie gehörten damals zu den Schaumburger Karabiniers, die mit zahlreichen Überfällen und blitzartigen Handstreichen auch gegen überlegene Einheiten sowohl rückwärtige Verbindungen der Franzosen nicht unerheblich gestört als auch deren Nachschub behindert hatten. Sie hatten ihren ausgezeichneten Ruf als Soldaten und Unteroffiziere mit auf die Insel gebracht. Die ehemals gefürchteten reitenden Karabiniers waren zu Fußsoldaten, zu Grenadieren gedrillt worden, die Artilleristen waren Kanoniere geblieben, denn Geschütze gab es auf dem Wilhelmstein mehr als genug. Was sie alle einte, das waren ihre Gefechtserfahrungen und daß keiner unter ihnen war, der nicht schon vierzig oder weit mehr Jahre zählte. Nur Fähnrich Windt und wenige hinzugekommene Kanoniere waren noch im frühen Mannesalter, freilich eine Minderheit. Sie waren nun weit vom Schuß, und so kreisten die Gespräche der langgedienten Festungsbesatzung immer mal wieder um ihre verschiedenen Krankheiten. Fast jeder der Soldaten auf dem Wilhelmstein hatte andere Gebresten, nur daß sie – bis auf einen – alle nicht mehr gut in Schuß waren, einte sie. Da auf ihrer Kleinstfestung wenig geschah, da sie eine Menge Erlebnisse schon durchgekaut hatten, konnten sie alle paar Wochen immerhin ihren aktuellen maladen Zustand zum Besten geben. Den sechs Stubenkameraden Mammwahs, allesamt reife Kanoniere, brachte das anscheinend nicht bloß Unterhaltung, sondern es schien sie auch zu erleichtern.

Eine ganz üble Bartflechte hatte Münzer. Sie quälte ihn nicht allein, sondern zerstörte auch sein Angesicht fortlaufend, so daß man fast das große Fürchten kriegte, wenn man auf seine Visage schaute. Kilcher zeigte gern seine zollgroßen Ekzeme und Löcher in den Beinen, weil er das lange Stecken in den Ledergamaschen oder Stiefeln partout nicht abkonnte. Kanonier Silleke, mit 38 der jüngste unter ihnen, erzählte noch lieber von anderen:

»Und beim Unteroffizier Schwan, der seit zwei Wochen schon im Bückeburger Lazarett liegt, breitet sich ja die Syphilis immer weiter aus. Vor etwa einem Monat hab' ich mitgekriegt, daß er wieder ein Töpfchen mit Quecksilbersalbe gegen Quacksalbersilber in Empfang genommen hat. Ich weiß nicht, ob wir den hier wiedersehen. Hier auf dem Wilhelmstein kann er sich die französische Krankheit ja wohl nicht geholt haben. Die hat er mitgebracht. War der eigentlich damals in Portugal schon mit dabei gewesen?«

Der eher schweigsame Lentz nickte mit dem Kopf: »Der war dort Geschützführer. Vor dem war keine Portugiesin sicher. Der hat sich sogar mal mit einer Pockenkranken abgegeben, dem war das egal.« Budick warf ein: »Pocken haben wir hier noch nicht gehabt, Gott sei's gedankt!« Silleke schüttelte protestierend den Kopf:

»Aber was wir haben, reicht das nicht? Was soll ich denn sagen! Hier, mein Haarbalg traktiert mich zum irre werden. Ich hoff', daß es keine hundsvermaledeite Krätze ist, die mich auf ewig in's Krätzelazarett bringt. Diese Schrunden und schorfigen Juckplacken, die ich einfach nicht los werd' – aber ich muß ja den Zopf tragen, so will's die Ordnung halt. Und ich sag's euch, dieses Geschmier aus Talg und Puder und Kreide im gedrehten Zopf, das ist eine Brutstätte für diese Plage. Dazu kommt noch diese schrundige Lederhalsbinde, die ebenfalls der Teufel holen sollte. Und wenn's so weitergeht, werd' noch eher an diesem blutigen Kratzen krepieren als an einer ehrlichen Kugel!«

Kilcher, der schon 45 Lenze zählte, brummte: »Aber unsere Fourage ist in ganz in Ordnung, nichts angefressen, keine Mäusekacke im Mehl. Wenigstens können wir die Ratten und Mäuse im Zaume halten. Unsere Inselkatzen halten sie schön kurz.«

»Hier gibt es ein besonders schönes blondes Inselkätzchen, ich glaube, das wird auch zukurzgehalten, was Mammwah?« fragte Münzer scheinheilig. Der Angesprochene zeigte keinerlei Reaktion und Budick, der wegen seiner besonnenen Art als Stubenältester fungierte, sagte leise: »Über Unteroffiziersfrauen will hier keiner reden. Ist das klar?« Nach einer kurzen Schweigepause rief Silleke: »Wer hat Lust, eine Runde zu würfeln? Na, los!«

Der Tambour schlug die Trommel. Es war der erste Sonntagvormittag im Juni 1789. Wie an jedem ersten Sonntag des Monats kam der Steinhuder Pastor bei diesem Signal gerade mit einem Kahn durch die für ihn geöffnete Kettenbarriere. Gleich würde der Gottesdienst abgehalten werden, für den ein größerer Raum in der Sternschanze als Betsaal genutzt wurde. Die gesamte Besatzung versammelten sich an der Berme. Fähnrich Windt und Sergeant Cauhlenfeld kontrollierten dort, ob die übrigen gewaschen aussahen und die Uniformen in Ordnung waren. Damit kein

Boot unbemerkt anlegen konnte, wurden während des Gottesdienstes die äußeren Kettenglieder der Barriere mit einem großen Bügelschloß verbunden. Der Schlüssel wurde dann dem Kommandanten Rottmann abgeliefert, der erst kurz vor Beginn des Gottesdienstes Platz nahm.

Mammwah nahm selbstverständlich an diesem freudlosen Ritual teil, das ihn aber nicht berührte. Während man sang, betete und routiniert seine Schuld, seine Sünden und seine Lüste in disharmonischen Litaneien bekannte, blieb sein Kopf frei. Manchmal lachte er auch innerlich. Seine einst religiös geprägte Zuversicht war zu seiner Verwunderung immer mehr verblaßt. Da waren die Kulte seiner Kindheit in der angolanischen Savanne, dann das, was er von islamischen Gebräuchen erlebt und gesehen hatte, anschließend der intensiv erfahrene und kindlich durchlebte missionarische Katholizismus. Und endlich gab es jetzt noch das vergleichsweise kühle und karge protestantische Treiben auf dem Wilhelmstein und manchmal in Steinhude.

Seit 1787 waren lutherische Eiferer auf dem Wilhelmstein gefangen, die ihren reformierten Glaubensgenossen die Beerdigung auf den lutherischen Friedhöfen des Landes mit Wort und Tat verweigerten. Da diese Lutheraner unnachgiebig geblieben waren, hatte Fürstin Juliane sie auf dem Wilhelmstein festsetzen lassen, wo sie nun neben Lebenslänglichen und Arrestanten ihre Glaubensstärke prüfen konnten. Diesen Zwist innerhalb der Evangelischen verstand Mammwah nun gar nicht mehr.

Alle Religion erschien ihm bloß noch als ein groteskes Spiel, und immer weniger davon erreichte ihn, seit er die Gewalt der Kanonenschüsse selbst und genauestens lenken konnte. Glaubensdinge waren für ihn bloß noch so etwas wie ein alter ausgemalter Bilderbogen. Der war mit Gerüchen, Wortfetzen und heimlichen Berührungen angereichert, den er in schlaflosen und dunklen Stunden in sich entrollen konnte. Seine Botschaften aber, so schien es ihm, zogen keinerlei Anweisungen oder Folgerungen für seinen äußerst simplen und gewöhnlich einförmigen Dienst im Festungswerk nach sich. Anderes hatte er in sich auf- und ausgebaut. Seine anderen, wichtigeren Konstruktionen hinter der Stirn waren größer, vielgestaltiger und jederzeitiger Ausformung zugänglich.

Ein Gott war ihm nun ebenso nahe oder weit weg wie der gräfliche Hof in Bückeburg, Lissabon oder der Kubango-Fluß. Mammwah träumte allein, darin war er geübt, das war seine innere, uneinnehmbare Insel. Und das Wenige, das in seiner persönlichen Macht stand, entschied Mammwah auch allein. Er lachte eben nicht bloß, wann immer es ihm möglich war, er dachte auch oft und gern nach. Früher war es ein lebenserhaltender Zwang gewesen, um nicht irre zu werden während der dunkelsten Zellen-Nächte in der portugiesischen Klosterschule, denen des Insel-Arrests und denen der Kammer mit sechs Kameraden. Heute war das Nachdenken neben seinen inneren Bilderbögen die zweite Quelle seiner Unterhaltung, seines Vergnügens. So dachte er nun ohne bitteren Beigeschmack: Der eigene Tod ist ein einziges Glück. Ein Unglück ist allein der Tod eines Menschen, den man liebt, gern hat, braucht und der einem nun fehlt. Auf so einen müsse er immer achtgeben.

All das, was er von einem Leben nach dem Sterben von verschieden Seiten vernommen hatte, von seinen Eltern, wirklichen Mauren, eifrigen Missionaren, trockenen Pastoren, schien nur eine Zeit lang fest und wirklich gewesen zu sein. Es hatte sich aufgelöst wie Holz in Rauch. Er brauchte kein Leben nach dem Tode, und er glaubte einfach nicht daran. Kein Paradies, kein Fegefeuer. Hölle hatte er genug erlebt und auch anderen bereitet. Und Paradiesisches, Reichtümer, Pracht, einen Geschmack von üppiger Verschwendung hatte er am portugiesischen Königshof von ferne mit den Augen gekostet, im Bückeburger Schloß war er als Teil der Wache bei einem Ball zugegen gewesen. Ein ihm lange unerklärbares Entsetzen aber war der Anblick von etwas Vollendetem gewesen.

An einem Winterabend im Januar 1764 hatte Graf Wilhelm in Gegenwart seiner höchstrangigen Offiziere über seine erfolgreiche Verteidigung Portugals gegen die spanischen Truppen gesprochen. Dabei präsentierte er auch die vom portugiesischen König erhaltenen Geschenke und andere Mitbringsel. Zu letzteren gehörte offensichtlich auch der schwarze Kanonier Mammwah, den der Graf für diesen Abend passenderweise als eine Art Ordonnanz herbeizitiert hatte. Als Höhepunkt dieser männlich-militärischen Abendgesellschaft hatte der Landes- und Feldherr die Entblößung der sechs goldenen Kanonen inszeniert. Um Eindruck zu machen, hatte Graf Wilhelm ein schweres rotes Sammettuch langsam von den sechs parallel ausgerichteten Miniaturgeschützen gezogen. Während die schlanken, goldenen Rohre im Kerzenschimmer aufleuchteten und funkelten, wiederholte er süffisant lächelnd: »Sind die nicht putzig, meine Herren?«

Mammwah hatte diese Szene wie ein Faustschlag erwischt. Er verstand in der Kürze eines Pulverblitzes, was er getan hatte, seit er als Heranwachsender zum ersten Mal geholfen hatte, einen Sechspfünder feuerbereit zu machen. Hier vor ihm gleißten der Reichtum und die Mittel dazu gleichzeitig als ein Ding, vereint wie eine göttliche Zweieinigkeit. Es war das einzige Mal in seinem nun schon über vierzig Jahre zählenden Leben gewesen, daß ihm ohne Verwundung oder Krankheit schwindlig wurde. Es gelang ihm nur mühsam, in vorgeschriebener Haltung stehenzubleiben. Der ihm am nächsten stehende Offizier, Leutnant von Schroeder, hatte den schwarzen Kanonier kurz verwundert angeblickt und dann gegrient.

Mammwah wußte nicht, ob das ihm galt oder den Schätzen vor ihnen, setzte aber alle Kraft darein, wieder in angemessener Haltung und ausdruckslosem Gesicht zu erstarren. Das Beste an diesem ihn unterhöhlenden Abend war noch gewesen, daß er später mit anderen Bediensteten die Reste der Tafel essen durfte. Fragmente von süßen und sauren Pasteten gab es, gebratene Schnepfen, Scheiben vom Schwartemagen, Speckkuchen und Tortenstücke – alles Speisen, von denen er bisher bestenfalls gehört hatte. Ganz gegen seine Gewohnheit hatte sich Mammwah gründlich überfressen, hatte miserabel geschlafen und sich bei Morgengrauen aus seinem Kammerfenster endlich übergeben. In die bedrückenden Albträume, die er die ganze Nacht nicht loswerden konnte, schoben sich über strahlende Kanonenrohre immer wieder das seltsame Lächeln des Grafen und das breite Grinsen von Schroeders. Erst als Mammwah wieder den kargen Grund des Wilhelmsteins unter den Sohlen hatte, fühlte er sich deutlich besser.

Ich muß noch den Bestand unserer Vorräte durchgehen. Der alte Rottmann hat eine Visitation angesetzt und will mal wieder ein aktuelles Verzeichnis unserer Provision für diesen Sommer in Reinschrift sehen. Während dieser speckige Seehund sich in der braunen Meerbrühe wälzt, muß Fähnrich Windt mal wieder ran, immer ich. Und das am Sonntag, vermaledeit, aber es muß ja sein. Also los. Vorgesehen ist nach wie vor dieses tägliche Deputat für jeden Mann:

$1\ {}^{1}/_{2}$ Pfund Brot, 20 Lot Zukost, teils Mehl, teils andere Dinge, $4\ {}^{4}/_{14}$ Lot Fleisch oder Reis, $4\ {}^{4}/_{15}$ Lot Fett oder Sirup, 1 Lot Salz, ${}^{1}/_{2}$ Quentchen Pfeffer, 1 Quentchen Ingwer, ${}^{2}/_{90}$ Maß Essig, ${}^{1}/_{20}$ Maß Branntwein und 1 Lot Rauchtabak. Dieses Maß sollte durchaus nicht überschritten werden. Gut.

Was haben wir nun an Traktement vorrätig? Fürs Brotbacken haben wir 12 Fuder Roggen. Was besitzen wir an sonstigem Mehl und Grütze? Ein Fuder und ein Malter. Erbsen? 6 Malter. Bohnen? 6 Malter. Butter? 1 350 Pfund. An Speck haben wir 1 350 Pfund. Salz? 34 Himpten. Rübenöl? 200 Pfund. Branntewein, damit unser stumpfes Soldatenpack sein Pläsier hat. Aber der Branntewein, der Branntewein, der muß sein, damit den Soldaten der Kampfgeist in die Knochen fährt, obwohls doch nur der Weingeist ist – 5 400 Maß. Dazu der Toback, auch so ein derangierendes Zeugs, na? 1 440 Pfund haben wir von diesem Stinkekraut. Das Pfund zu zwei Mariengroschen, welch eine Verschwendung! Von den dazugehörigen irdenen Tabackspfeifen sind im Magazin? Moment, das sind 1 000 Stück.

Also weiter. Gesalzene Heringe? Davon noch zwei verschlossene Tonnen. Essig? Zwei volle Ballons. Reis? 250 Pfund. Holländischer Käse? 200 Pfund. Gerste zum Bierbrauen? Ein Fuder. Weizen zu Kuchenmehl? Ein halbes Fuder. Soweit die Fourage.

Kommen wir zügig zur übrigen Provision. Da bleiben uns an Tran zum Brennen? 2 große Tonnen. Dann 2 Kisten Talglichter, 15 Pfund Dochtgarn und 6 Tonnen mit brauner Seife. Soweit wären dann alle Magazine erfaßt.

Und was haben wir an Feuerung, draußen in den Außenwerken gelagert? 84 Fuder Steinkohlen, 60 Klafter Holz. Kein Torf. Kein Torf. Gut so. Dieses ekelhafte Qualmzeug brauchen wir auch nicht, auch wenn die Steinhuder uns das andauernd aufschwatzen wollen. Vorzüglich, das alles wird, so denke ich, für drei Monate reichen. Mit intaktem Gerät und Handwerkszeug steht es auch gut: In Summa kann ich da auflisten: 100 lederne Feuereimer, 30 Handspritzen, 25 hölzerne Gießschaufeln, 12 Handsägen, 12 Äxte, 24 Bartenbeile, 50 Schaufeln, 20 Torfspaten – alles gut gepflegt und instandgehalten von den Sträflingen und Arrestanten.

20 Schiebkarren, 86 Bettstellen, 127 Bettdecken, 86 Strohsäcke, 86 Strohpfühle, 172 Paar Bettlaken, 430 Bund Bettenstroh.

Und schließlich und letztlich haben wir an Gerätschaften zum Eisaufschlagen:

20 Eisäxte, 50 Eissägen und 200 Eishaken.

Das wars endlich. Na ja, Ich habe alles durch die Unteroffiziere visitieren lassen und selbst einige Stichproben genommen. Keine Diebstähle und heimlicher Schwund. Scheint demnach alles intakt und vollständig zu sein, ohne Würmer, ohne Schimmel. Soll er's zufrieden sein, dieser Erbsen zählende Major.

Alle Wachen, welche in die nördliche Wasserkante des Wilhelmsteins einen Einblick haben könnten, waren an diesem Sonntag abgezogen worden. Major Rottmann hatte seine Badezeit an diesem ruhigen, sehr sonnigen Julinachmittag angesetzt. Bräunlich umspülte die warme Brühe des Sees seinen Leib, den der Major mal paddelnd, mal mit kräftigen Schwimmzügen durchs Wasser bewegte. Seine Laune war ausgezeichnet, so daß er sich im Moment gar nicht vorstellen konnte, wieder ans Inselufer zurückzukommen, sich abzutrocknen und sich wieder in die beengende Uniform zu zwängen. Nachdem er sich mit hundert energischen Zügen vom Wilhelmstein weg bewegt hatte, schwamm er im Bogen ganz langsam zur Westseite der Insel, wo er sich sonst, wegen der Strömung, nie hinbewegte.

Als Rottmann etwa drei Viertel der Strecke zurückgelegt hatte, stutzte er und hielt wassertretend inne. An der der Sternschanze abgewandten Seite der zweiten Bastion, auf dem winzigen schilfüberwucherten Grasstreifen bei der

Fachwerkmauer, blickgeschützt durch das Häuschen darauf, bewegte sich etwas Schwarz-Weiß-Goldenes. Der Major rieb sich das Wasser aus den Augen und kniff sie bis auf einen Schlitz zusammen. Zwei Halbnackte saßen dicht nebeneinander, Ulla, die Unteroffiziersfrau, und Kanonier Mammwah. Ullas goldblondes Haar war aufgelöst, Mammwahs glattgeschorener, perückenloser Kopf lag an ihrem. So schmiegten sie sich aneinander: Haut an Haut, schwarz und weiß, sie blondhaarig umspielt.

Ein *tête à tětè* in Schwarz und Weiß, mußte Rottmann denken, sieh an, eine quasi preußische Liaison, goldbekrönt, auf dem Wilhelmstein. Er grinste und mußte deshalb etwas Wasser aushusten. Es sah einfach hübsch, wenn auch sehr fremd aus, was ihm da wider Willen geboten wurde. Er dachte an seine lange verflossenen Jahre als Liebhaber zurück und daran, daß es nur wenige, meistens hastige, freudlose Affären gewesen waren. Ein ganz seltenes, bitteres Gefühl kam in ihm hoch. Er zwang sich schwimmend hinzusehen, es war ein unwirklich freundlicher Anblick auf dieser steinblöden Insel. Ihm gefiel das, was er sah, Empörung spürte er keine.

Mammwah hatte den hustenden Schwimmer bemerkt, aber äußerlich nicht darauf reagiert. Er hatte, da er um die besonderen Vergnügungen des Inselkommandanten wußte, extra diesen westlich gelegenen Platz gewählt für das Treffen mit Ulla. Daß der Major so weit von seinem nördlichen Badeplatz wegschwimmen würde, hatte er nicht gedacht. Mammwah erkannte ihn auch gleich, tat aber schlicht so, als ob er sich nicht erwischt fühlte. Ulla war ganz entspannt geblieben, ihr Kopf und Blick war ganz auf den Geliebten ausgerichtet und auf sonst nichts. So küßten sie sich einfach weiter, und Mammwah koste die schneeigen kleinen Apfelbrüste der Unteroffiziersfrau besonders zart.

Wenn Rottmann diese Szene an die große Glocke hinge, wäre er geliefert, mindestens einige Wochen Arrest wären ihm dann sicher. Noch wahrscheinlicher aber wäre – und dieser Gedanke bedrückte ihn, während er Ulla unentwegt streichelte – noch wahrscheinlicher wäre eine Strafversetzung aufs Festland. Das war ihm ein furchtbarer Gedanke, denn weder wollte er Ulla missen noch vom Wilhelmstein weg. Eventuell werde er drastisch handeln müssen. Wie auch immer – nun war es egal, er wollte auf jeden Fall diese vielleicht letzten Minuten mit ihr noch auskosten und ließ seine Hand sacht unter ihr langes Leinenkleid gleiten.

Beim Abendessen sagte Major Rottmann beiläufig: »Dieser Mammwah dünkt mir ein wahrer Schwerenöter zu sein. Wenn Er Beschwerden von einem unserer hier beweibten Unteroffiziere hört, Fähnrich, so mache Er mir Meldung.«

»Sollten wir diesen Kanonier nicht besser gleich gründlich inquirieren, Herr Major, wenn da ein entsprechender Verdacht besteht?«

»Nein, nein! Laß Er es gut sein, Fähnrich. Ich will keine Turbulenzen um unser Inselschlößchen herum. Wir haben drei Weibsbilder bei uns auf dem Wilhelmstein, die sich zufriedenstellend um ihre Männer, die Wäsche und anderes kümmern. Wir sind kein Kloster – wenn alles ruhig läuft, dann läuft's eben. Aufgeblasene Affären und Klatschgeschichten sind etwas für den Bückeburger Hof, nicht für unser Fort Wilhelmstein. Und überdies ist jener Mammwah ein probater Kerl, ohne Mätzchen und Drückebergereien. Soll'n doch die Verheirateten selber auf ihre Weiber acht haben. Und wenn nicht – auch gut.«

Windt hatte etwas später bei einer Kontrolle der Mannschaftsquartiere den schwarzen Kanonier überraschend gefragt, ob er gern auf dem Wilhelmstein sei. Mammwah, erstaunt von so viel Interesse, hatte seinem Vorgesetzten gerade in die Augen gesehen, sich gestrafft und gesagt, er diene hier besonders gern, da es des Grafen Insel sei. Windt wußte nicht, ob es Kaltblütigkeit oder wirklich Arglosigkeit war, die Mammwah so antworten ließ. Mammwah hatte aufrichtig geantwortet. Er wollte, solange Frieden war, um keinen Preis der Welt von dieser Insel weg. Seine versteckte Liebschaft mit Ulla war nicht der Grund dieses Wunsches, es war ein zusätzlicher Genuß, ein fast unwirkliches Geschenk.

Der Sommer des Jahres 1789 war ohne besondere Aufregungen zu Ende gegangen, der Herbst war wie gewöhnlich, und der Winter ließ sich an, als ob auch er austauschbar wäre. Major Rottmann hatte Fähnrich Windt zu sich in die Stube bestellt. Nachdem er ihn angewiesen hatte, sich zu ihm zu setzen, hob er zu einem kurzen Vortrag an:

»Also Fähnrich, Folgendes. Die den Katholischen heilige Barbara, eine Märtyrerin zur römischen Zeit übrigens, war – fast so wie wir – von ihrem bösen heidnischen Vater in einem hohen, festen Turm eingeschlossen worden. Trotzdem war sie sehr schön, sehr christlich geworden und hatte sogar ein Kreuz in ihrem Turmzimmer aufgehängt. Sie wurde deshalb nach dem Willen ihres Vaters malträtiert, ausgepeitscht, ihre Brüste wurden ihr grausam abgeschnitten. Aber, worauf ich hinauswill, Fähnrich, schließlich hat ihr teuflischer Vater sie mit dem Schwert enthauptet, und nun, *gardez*! kommt's: Kaum hatte die Jungfrau ihr schönes Haupt verloren, kam ein Blitz herunter, *tonner*! und erschlug den üblen Vater. Weil nun auch wir Artilleristen alle Feinde wie ein Unwetter erschlagen können, schnell, dröhnend und ohne *pardon*, ist diese Barbara unsere Patronin geworden. Patronin paßt ja schon wegen unserer Patronen gut zu uns, sagte mein alter Regimentskommandeur an diesem Tage immer. Aber das sind platte *bonmots*, Kalauer, die wir nicht bemühen wollen unter uns Gebildeten, nicht wahr, mein lieber Windt.

Wir Artilleristen feiern nun schon lange den Geburtstag dieser Barbara, der sich morgen am 4. Dezember jährt. Unter unserem seligen Grafen Wilhelm war das nicht üblich. Aber nun hat das Bückeburger Offizierskorps diesen alten Brauch wieder reanimiert. Wie dem auch sei – am Abend dieses Tages, also morgen mit der Abendmahlzeit, treffen wir Offiziere, die Offiziers *in spe* und die Unteroffiziere uns ohne Uniformrock, ohne Orden, Tressenkordel, Schulterstücke, Rangabzeichen, statt dessen nur mit Joppe, Weste, Kamisol oder im Wams und reden uns allesamt mit ›du‹ und ›Kanonier‹ an. Nur an diesem einen Abend, Fähnrich, aber da gilt's. Das Ganze wird im Offiziersspeisezimmer stattfinden, es ist Dienst und denk' Er immer daran: immer nur ›Kanonier‹ und ›Du‹ sagen! So, nun kann Er wegtreten und wird Sergeant Cauhlenfeld und Unteroffizier Braune bis morgen im gesagten Sinne instruieren.«

Windt wußte nicht, worüber er sich mehr wundern sollte, über die außergewöhnliche Länge von Rottmanns Rede oder das krause Zeugs, das dieser ganz ernsthaft, ja eindringlich seinem Fähnrich auseinandergesetzt hatte. Ein wenig graute ihm vor dem Kommenden, nahm sich aber vor, wenn es schon diese idiotischen Gründe und kindischen Regularien gab, werde er kein Blatt vor den Mund nehmen.

Der Abend kam, das Offiziersspeisezimmer war mit mehreren einzelnen einfachen Kerzen erhellt worden, die mehrarmigen Leuchter blieben unbenutzt. Vor jedem der vier »Kanoniere« stand ein irdener Becher und es gab mehrere Flaschen Württemberger. Nachdem alle auf das Wohl ihrer gräflichen Herrschaft getrunken und mit einem gemeinsamen dreifachen »Gut Feuer, Kanoniere!« das Beisammensein eingeleitet hatten, legte Rottmann los:

»Ich weiß, daß du ein belesener Kerl bist, Windt, und die flüssigen Genüsse ebenso wie die menschlichen Säfte als diffizil betrachtest. Ich sage immer: drei, vier Gläser Wein, nach Tisch in den Magen geschüttet, das schadet nicht. Aber der modische Genuß von Branntwein, Tabak und Schokolade greift die feinen Nerven an. Was sagst du dazu?«

Windt dachte sich, dir werd' ich's zeigen, alter Zausel. Laut, aber fast gelangweilt entgegnete er: »Ich dagegen denke, man lasse wilde Barbaren ihren Kaffee trinken und rohe Amerikaner ihren Tabak rauchen, ein Offizier der Artillerie ist von anderer Beschaffenheit und Erziehung.«

Rottmann war amüsiert über die freimütige, nicht unerwartete Reaktion Windts und legte nach: »Der großartige Gründer unserer unbezwingbaren Seefestung, eben in jeder Hinsicht ein Beherrscher, sah es wieder anders. Branntwein und jede Menge Tabak sind unserem Landesherren immer gefällig gewesen, sie waren immer Teil unseres Etats. Wein, Kaffee und Schokolade, selbst das so übliche Bier mußte man sich selber beschaffen.«

Windt nickte zustimmend und sagte: »Aber gar kein Freund war Graf Wilhelm vom Kaffeetrinken. Er hat den gemeinen Leuten und Unteroffizieren sogar den Kaffee verboten.«

»Das ist richtig, aber eben nicht uns, den Offizieren und den Anwärtern darauf.«

»Schokolade hingegen hat er nicht mit Strafe bedroht, die durfte schon damals jeder genießen. Der Name Steinhudes steht mit seinem Einverständnis schon lange für eine vorzügliche Schokoladenfabrikation. Der dir bekannte Oberst von Schroeder kann das bestätigen.«

»Lassen wir diesen Herren lieber ganz aus dem Spiel. – Zurück zur Schokolade: wenn du sie bezahlen kannst, mag dir der braune Brei munden – aber welcher gemeine Mann kann das schon.«

»Ich weiß nur: diese sogenannten Schokoladenstuben und Schokoladenhäuser genießen einen zweifelhaften Ruf.«

»Aber mit warmer Schokolade erfolgt die notwendige Nahrungszufuhr zwischendurch. Die Zeit für das gemeinsame Essen muß nicht weiter vergeudet werden. Die gesparte Zeit kann auf die Arbeit verwendet werden.«

»Doch flugs zurück zum Kaffee, Unser hiesiger Hof-Kompositeur, der brave Johann Christoph Friedrich Bach drüben in Bückeburg, der hatte ja einen Vater da jenseits der Elbe, in Leipzig. Diesen alten Bach mein' ich, der recht hübsche Musiken komponiert hatte. Ich singe heut noch gern seine Kantaten wie jene heitere ›Ich freue mich auf meinen Tod‹ – aber darum geht's hier ja nicht. Jedenfalls hat der verblichene Bach dazumal etwas in Noten gesetzt, das zu Recht und mit Witz das *plaisier* des Kaffeetrinkens preist:

> Wenn ich des Tages nicht dreimal
> mein Schälchen Coffee trinken darf ...
> LALALALA und dann:
>
> Ei, wie schmeckt der Coffee süsse,
> lieblicher als tausend Küsse,
> milder als Muscatenwein.
> Coffee, Coffee muss ich haben,
> und wenn jemand mich will laben,
> ach, so schenkt mir Coffee ein!

Na ja, wie du merkst, habe ich die Melodei nicht mehr so ganz parat, aber die gelungenen Verse sind's um so mehr. Es ist also nicht so, daß den Kaffeetrinkern irdische Genüsse fremd wären.«

»Ich hingegen kenne die wohlfundierte Ansicht, daß der Kaffee den Menschen austrockne und lustlos mache.«

»Nein, nein, der Kaffee bringt alle Säfte in Bewegung, schafft quasi eine *compensatio* aller Saftmängel, gleicht aus und schafft Gleichgewichte.«

Sergeant Cauhlenfeld und Unteroffizier Braune baten um die Erlaubnis, sich zurückziehen zu dürfen. Sie selbst hatten während des merkwürdigen Dialogs keinen Ton von sich gegeben, nur gleich Major Rottmann tapfer dem Rotwein zugesprochen und dabei nicht ohne Staunen ihre Köpfe dem jeweils Sprechenden zugeschwenkt. Nachdem nun diese beiden gegangen waren, fuhr der Major in einem beinahe verschwörerischen Ton fort: »Wir waren bei den Säften stehengeblieben, denke ich. Bekanntlich sind die Nerven enge Röhren, in der eine sehr feine Flüssigkeit, fast geistig, auf und ab saust. Die Zwirbeldrüse entnimmt dem Blut diesen feinsten Saft ...«

»... mit Verlaub, Kanonier Rottmann, es ist die Zirbeldrüse, glaube ich.«

»Zirbel oder Zwirbel – wer wollte jetzt darüber rechten? Jedenfalls diese Drüse entnimmt dem Blut den feinsten Saft, der ja letztlich der Samen ist. Wenn der heranwachsende Mensch zu viel dieses Samens ausgibt, entzieht er sich die Nervenstärke. Dem einen geht es auf die Lunge, dem anderen auf die Leber, die Nerven trocknen aus, das Gehirn vertrocknet, schrumpft wie eine Dörrpflaume.«

»Deswegen soll der Kaffee ja gemieden werden, gänzlich wie die Jauche, mit Verlaub.«

»Ich glaube, du verstehst mich nicht ganz. Der alte Begriff, um den es geht, ist *mollita*, Weichlichkeit. Und diese *mollita* meint alle inneren Regungen, die hingehen zu fleischlichen Neigungen, und die sollen ja auch hier auf unseren Inseln den richtigen Weg finden.«

»Was meinst du hier mit dem ›richtigen Weg‹?«

»Ich kann ihn dir weisen, Kanonier Windt. Du bist doch hochmusikalisch, spielst Laute und hast eine gute Singstimme. Da ist doch mehr drin! Werden nicht als absolut schönste, himmlischste Stimmen die der Kastraten verehrt? Knaben so ab 8 Jahren werden die Hoden abgeschnitten, dann wird die Wunde ausgebrannt, während der Junge im Opium-Rausch gehalten wird. Manche sterben, aber das ist bei uns Soldaten ja auch normal.

Ich will ganz offen und wie ich hoff' auch väterlich mit dir reden. Mir ist, wie du wohl weißt, nichts Menschliches fremd, werter Windt, aber wenn du dich männlich einer kleinen Operation unterziehen wolltest, wären Gewissensqualen und mögliche Erpreßbarkeiten für immer aus der Welt geschafft. Frei von den Säften, die den Trieb nach vorne preschen lassen, gäbe es Seelenfrieden und vollste Hingabe an den Dienst, den du doch adorierst wie kaum ein anderer. Und überdies wärst du ein Held an dir selbst geworden, Windt, denk' heldenhaft an Schiller! Schreite zur Tat, ich gebe dir Urlaub und Wochen zum Rekonvaleszieren nach getaner Tat. Sapperlot, alle Unbill wär vom Tisch!«

»Ihr – äh, du scherzt sehr derb mit mir. Was für eine Operation? Und wer soll mich unter Druck setzen können.«

»Je nun, daß Kadetten so etwas mal treiben, und sich vom Überschwang – wie soll ich sagen? – je nun, befreien, wer wollte darüber wohl rechten.«

»Ich habe mir das ebensowenig wie der hochverehrte Schiller erlaubt.«

Major Rottmann lächelte, führte den Becher an die Lippen und trank mit geschlossenen Augen. Er wischte sich mit dem Handrücken die Mundwinkel, und sagte mit schwerer Zunge:

»Mag sein, daß du davon überzeugt bist. Ich bin durchaus liberal in solchen Dingen und habe nichts gegen natürliche Abläufe und Entlastungen. Aber wenn die Moral der

Truppe gefährdet wird, muß ich einschreiten. Ich mein' auch nicht die Eigenhändigkeit, ich mein' schlichtweg den Freund, den Karrieristen Scharnhorst, dem du immer viel zu nahe standest.«

»Du, du – Ihr seid zu kühn, Ihr mißbraucht Euren Dienstgrad, Eure Stellung als Kommandant. Das ist infam und ehrverletzend, Herr Major. Wie wollt Ihr das von meinem Ehrenschilde wegwaschen!«

»Soso, Er leistet sich ein Ehrenschild? Ich seh's aber partout nicht, Fähnrich. Und was man nicht sieht, kann man nicht waschen – oder?«

Windt, nun wieder ganz Fähnrich, stand auf, ganz blaß, salutierte und verließ eilig das Offiziersspeisezimmer. Fähnrich Windt wurde Major Rottmann gegenüber so eisig wie die kantigen Schollen, die winters unerbittlich an der Insel nagten und die Festung mehr als jeder Feind gefährdeten.

1790

Dacke, bereits seit zwei Jahren des Majors Leibdiener, hatte in der Winternacht 1789 das Ende des lauterwerdenden St. Barbara-Dialogs zwischen Rottmann und Windt belauscht. Angeekelt hatte er auch die unappetitlichen Verdächtigungen und unterlegten Drohungen mit angehört. Dieser Fähnrich mußte seinen Major ob dessen Beleidigungen und Unterstellungen hassen. Wer weiß, was daraus noch alles entstehen kann! Dacke wurde seine Situation auf der Festungsinsel immer unbehaglicher. Ihm war auch klar: Windt würde es ihn bitter spüren lassen, wenn er seinerseits von Dackes Wissen um die dort ausgesprochenen Ungeheuerlichkeiten erführe. Niemals würde der Fähnrich es zulassen, daß seine Ehre durch das Geschwätz von Untergebenen öffentlich besudelt würde. Wenn Windt etwas Abwertendes über seine Person zu Ohren kommen würde, würde er wissen, daß Rottmanns Leibdiener gelauscht und geplaudert hatte. Übrigens belauschte Dacke wann immer es möglich war Monologe oder Gespräche seiner Vorgesetzten. Das schien ihm lebenswichtig zu sein, denn wie es nun aussah, müsse wohl bald etwas passieren.

Einige Wochen später hatte er dem betrunkenen, wie betäubt schlafenden Major in der Nacht vom 6. auf den 7. Januar nicht allein den *clef d'or* abgenommen. Auch den Schlüssel für das Schloß, mit dem das Ruderboot des Majors gesichert war, hatte er an sich gebracht und beide Schlüssel mitsamt seinem Kompaß in einem Spalt der Sternschanzenaußenmauer versteckt. Wenn Rottmann den Leibschlüssel brauchen würde, das wäre frühestens am Abend des 7. Januars, wäre er, Dacke, schon verschwunden.

Vorangegangen war dem ein merkwürdiger Befehl des Majors, den dieser mit Nachdruck seinem Fähnrich gegeben hatte: »Solange das schauerliche Regenstürmen anhält, kommt sowieso keiner zum Wilhelmstein, weder Feind noch Freund. Nächtens soll daher ab morgen nach Einbruch der Dunkelheit nur die Wachstube in der Sternschanze mit einem Unteroffizier und zwei Soldaten besetzt bleiben. Einen Rundgang mit einer Doppelwache sparen wir uns. Wir müssen die Kräfte der Mannschaft für die dringenden Instandsetzungsarbeiten schonen. Ich selbst werde während der Dunkelheit in unregelmäßigen Abständen Wachstube und Außenbereich kontrollieren. Der Koch schläft sowieso in seiner Kammer neben dem Offiziersspeiseraum, so daß die Verpflegung bewacht ist. Alle anderen Gebäude auf den Außenwerken sind sowieso gut verschlossen oder von den Mannschaften belegt. Teile Er also beim Morgenappell die Wache neu ein.«

Dacke hatte heimlich, diesmal hinter Rottmanns Stubentür stehend, mit gesteigerter Anspannung und einem sehr mulmigen Gefühl diese ungewöhnliche Anordnung verfolgt. Er hatte bisher viel Glück gehabt. Als Leibbursche des Majors erwies er sich als so allseits tüchtig, daß der Major zufrieden war, obgleich sein Diener immer ein wenig hinkte. Es war eine gute Ruhepause mit einer gewissen Freizügigkeit gewesen.

Dazu hatten auch die Begegnungen und Gespräche mit Anne gehört, wenn er im Sommer bei ihrem Vater, dem blinden Fischer Garbe, aushalf. Dacke war immer mal wieder tageweise in Steinhude gewesen, hatte sich bei Annes Vater einige Taler beim Grasschneiden, beim Viehversorgen, Schlachten, und ab und an auch beim Netze- und Reusenflicken verdient. Der alte Garbe brauchte diese Hilfe, da er zwar ein ausgezeichneter Fischer und Schiffer war, doch manches wegen seiner Blindheit eben nicht tun konnte. Dacke war einschließlich seines gewölbten Leibes von fast wuchtiger Statur, konnte aber trotz eines leichten Hinkens zupacken und tat alles mit Bedacht. Daß Dacke, obwohl Major Rottmanns Leibbursche, beim blinden Garbe Geld dazuverdiente, war nichts Außergewöhnliches. Fast alle Soldaten des Wilhelmsteins verdingten sich besonders in den Sommermonaten tagesweise in Steinhude, Hagenburg oder Winzlar. Sie waren froh, ihr schmales Salär aufzubessern, mal von der engen Insel herunterzukommen, mit anderen Menschen zu sprechen und auch mal eine junge Frau mehr als nur ansehen zu können. Major Rottmann wollte in der warmen Jahreszeit ab und an nichts als seine Ruhe haben. An solchen Tagen rasierte er sich nicht, ruderte mit seinem kleinen Boot allein nach Hagenburg oder glitt tagsüber – trotz seiner weit über sechzig Jahre – gern splitternackt in die die Insel umspülenden Fluten. Zu diesen Zeiten war der Mannschaft das Betreten des Wilhelmsteiner Nordufers strikt untersagt. Solche Folgen von drei, vier Tagen waren frei für Dackes Arbeit in Steinhude.

Dacke hatte schon am ersten Tag beim blinden Garbe dessen Tochter Anne wiedergesehen, Anne ihn. Er war beim Ausmisten des Schweinestalls, sie war mit zwei Eimern Wasser vorbeigekommen und hatte neugierig in den Stall gelugt, weil dort jemand eine unbekannte Melodie gesummt und gebrummt hatte. Sie sang selbst viel und für Dackes Ohren klang ihre Stimme sehr schön, ein bißchen dunkel, ein bißchen erregend. Die gar nicht so kleine Anne mit voller kastanienfarbener Mähne wirkte widerspenstig, zugleich freundlich, sehr wach, aber außer beim Singen sehr leise. Anne hatte sich immer spöttisch über den Wilhelmstein geäußert, wenn Dacke anfing, mit seinem merkwürdigen Akzent über seinen Alltag beim Major Rottmann zu sprechen. Manchmal mußte sie kichern, wenn Dacke mit unüblichen Wendungen und Wörtern ihr etwas zu erkären versuchte. Und was das Schönste anfangs war: Beide konnten sich von nahen wie aus der Ferne so oft und so schamlos ansehen und zuwinken, wie sie wollten, obwohl ihr Vater in der Nähe war.

Doch Dacke wollte immer noch weiter weg, ganz raus aus Europa. Er wußte nun auch, daß er nie mehr nach Schweden zurückgehen dürfe, daß Smoland so weit weg wie der Mond bleiben würde. Es gab nur noch die Hoffnung auf Amerika, auf das Land ohne Fürsten, ohne Enge, wo er gedachte, Bauer oder Fischer zu werden und der Aufenthalt an oder in einem See zwar Arbeit, aber auch Genuß und Freiheit bedeuten würde. Angesichts der Wachverminderung ab der Dunkelheit morgen nachmittag konnte er das endlich mit Leichtigkeit angehen und seinem Ziel näherkommen.

Während am frühen Abend des 7. Januars 1790 kalte Regenschauer die Sternschanze umtosten, herrschte unten in den Kasematten dunkle Ruhe. Leibdiener Dacke tappte leise mit einer verhängten Laterne durch die Gänge zu Rottmanns Kaverne. Die Gittertür zu diesem stockfinsteren Gewölbeteil stand wie gewöhnlich offen. Dacke durchquerte den Raum und schritt mit bestiefelten Füßen tastend die sechs Stufen hinunter, die zum Eingang der Kaverne führten. Langsam wurde er doch ein wenig nervös, merkte er, als er mit unsicherer Hand das Tuch von seiner Lichtquelle zog. Als er mit Hilfe von Rottmanns Leibschlüssel die dikke Bohlentür der privaten Kammer des Majors öffnete und die Tür nach innen drückte, war er sehr gespannt darauf, was ihn dort vielleicht an Unerhörtem überraschen würde. Er dachte jedenfalls an irgend etwas Wertvolles, das ihm bei seiner Flucht vom Wilhelmstein nützlich sein könnte. Wenn er sich nun auf und davon machte, war er für die Befehlshaber der Festung sowieso ein übler Deserteur, ein Todeskandidat, da machte ein Diebstahl auch nichts mehr. Er zog die Tür hinter sich zu, hielt die bis dahin mit einem Lappen abgedeckte Laterne hoch, zog den Stoffetzen von ihr herunter und warf einen ersten Blick in den verborgen gehaltenen Raum.

Er war bloß etwas mehr als mannshoch, einen Klafter breit und etwa vier Schritte tief. Es gab das Gerücht, daß die Kaverne mal als Schatzkammer der Grafen von Schaumburg-Lippe angelegt worden war, sie aber nie diese Aufgabe erfüllt hätte. Dacke bückte sich etwas, als er vorsichtig weiter in die Kaverne hineinging. Er sah sich um. Es gab bloß massive Holzregale mit dicken, staubbedeckten Flaschen verschiedenster Größe und Form, an deren Hälsen Zettel mit Angaben zum Inhalt hingen, sonst war auf den ersten und zweiten Blick nichts Besonderes auszumachen. Erst als er ganz den seitlich mit harten Klinkern ausgemauerten Raum betreten hatte und seine Fackel bis fast an die Hinterwand hielt, fiel ihm zweierlei auf. Diese Hinterwand war seltsam gestaltet: mehrere Querbalken lagerten in Aussparungen der Seitenwände, schienen herausnehmbar zu sein und wirkten wie Riegel vor einer Art Blechplatte, welche die Rückwand ausmachte. Mitten auf dieser Blechlatte war ein großer Griff angenietet. Was war das? Der Zugang zu noch einer weiteren Kaverne?

Dacke hielt die Laterne tiefer. Der ebenfalls aus enggefugten Ziegeln gebildete Boden schien dort, wo die Metallfläche fast den Grund der Kammer berührte, etwas feucht zu sein. Dacke ließ den Schein der Laterne wieder nach oben wandern und sah die zweite Überraschung. Hier hinten im linken Holzgestell lag auf dem oberen Brett etwas Dunkles, das ihm irgendwie vertraut vorkam, ein Kasten, ebenfalls von einer dünnen Dreckschicht umhüllt. Dacke überlegte, bließ dann aber entschlossen den Staub von dem Ding. Es war ein Holzkasten, der so ähnlich wie der Kasten einer Geige oder Gambe aussah – eben wie der eines dieser Streichinstrumente. Hatte Major Rottmann mal ein Musikinstrument gespielt? Er jedenfalls hatte ihn noch nie gehört. Er wußte bloß, daß Fähnrich Windt ab und an zur Laute griff und es damit wohl auch ziemlich weit gebracht hatte.

Trotz der Furcht, entdeckt zu werden, gab Dacke seiner Neugier nach und versuchte den Deckel der hölzernen Hülle zu öffnen. Er klemmte zwar etwas, ließ sich aber mit einem leicht saugenden Gräusch entfernen. Die Überraschung potenzierte sich. In diesem mit Stoff gefüttertem Kasten lag nichts für Musik Taugliches. Ein kleines Rohr mit zwei seitlichen Zapfen blinkte ihn an, punktuell gleißend und gelblich leuchtend. Dacke postierte die Laterne auf dem obersten Regalbrett, dann konnte er nicht anders, als dieses Ding in die Hand zu nehmen. Als er es anhob, verblüffte ihn das enorme Gewicht dieses kleinen Metallgebildes. Er nahm es einhändig aus seiner Umhüllung und wog es mit beiden Händen ab. Das war ja beinahe so schwer wie ein halbvoller Wassereimer. Unglaublich, das konnte doch nicht sein! Doch, durchfuhr es ihn, doch, das ist so gewichtig, weil dieses dickwandige Rohr aus Gold ist, weil diese Miniatur den eigentlichen Schatz Rottmanns darstellt.

Er hatte nichts anderes in den Händen als das kostbare Kanonenrohr eines fast niedlichen Flachbahngeschützes, das gewiß teurer war als drei Sechspfünder in Eisenguß und Originalgröße.

Wie war der Major bloß an diese Preziose gekommen? Jetzt erst kam ihm die Erzählung von den sechs goldenen Kanonen Graf Wilhelms wieder in den Sinn, Geschenke, die dieser vor fast dreißig Jahren vom portugiesischen König mitbekommen hatte. Das war so eine von den Geschichten, die die Wilhelmsteiner immer mal wieder zum Besten gaben.

Aber das konnte doch nicht rechtens sein, daß ein Offizier so einen Schatz ganz privatim hier unten aufbewahrte. Dacke legte nachdenklich die kriegerische Kostbarkeit auf den Boden. Und wo waren ihre Lafette und ihre Räder? Trotz eines starken Impulses, sofort die Kaverne zu verlassen, wollte er nun auch noch wissen, was sich hinter der balkengesicherten Blechplatte verbarg. Er hob einen Querbalken nach dem anderen aus den Wandfugen, was erstaunlich leicht vonstatten ging, bis sie alle sechs vor ihm auf dem Fußboden lagen. Er war sehr angespannt, als er nun in den Bügelgriff faßte und das Blech energisch an sich zog.

Scharrend löste sich das dünne Metallrechteck und kam langsam nach vorn, so daß es Dacke mit einiger Anstrengung zur Seite wenden und an die Wand stellen konnte. Mit pochenden Adern nahm er die Laterne zur Hand und war auf einiges gefaßt. Nun wurde er enttäuscht: Es war hinter dem Blech nichts zu sehen als eine weitere Mauer. Sie war ein Verbund aus größeren, hellen Steinen, die mit Pech verfugt zu sein schienen. Dacke war für einen Moment ratlos. Dann begann er, als ob er nicht mehr ganz bei Sinnen wäre, mit seinem Bajonett auf die Fuge zwischen zwei unteren Steinen einzustechen. Und tatsächlich, die Fuge gab nach, sie war weich, es mußte eine Pechabdichtung sein. In kurzer Zeit hatte er einen Stein fast rundum entfugt und begann nun, das Bajonett als Hebel einsetzend, den Sandstein zu lockern. Daß ihm das gelang, wenn auch anders als beabsichtigt, bemerkte er, als plötzlich Wasser aus dem Spalt unter dem gelösten Stein erst hervorquoll, dann herausspritzte.

Der Schrecken packte Dacke. Er sah den Wilhelmstein schon im Steinhuder Meer untergehen. Unsinn, dachte er gleich darauf, die Sternschanze liegt fast komplett über dem Seespiegel. Und zugleich, das hatte er als Berufsoldat gelernt, beschloß er, nun ganz konsequent zu handeln. Er ergriff das goldene Kanonenrohr mit der einen, die Laterne mit der anderen Hand, warf noch einen abschätzenden Blick auf die Menge des nun schon munter hereinsprudelnden Wassers und verließ die nun bloß noch Wein und Wasser bergende Kaverne. Er schob die schwere Tür zu, nahm den Schlüssel aus der Rocktasche und verschloß den Raum. Es würde Stunden dauern, ehe der vollgelaufen war, viel Zeit für ihn.

Naß, schlammig, dumpf stinkend liegt der Leichnam Rottmanns auf dem Eichentisch seiner Stube im Schlößchen. Ratlos und stumm sitzen der Fähnrich und sein Sergeant davor, der eine mit einer großen Schale Schokolade, der andere mit einem Krug heißen Punsches.

»Sergeant Cauhlenfeld, ich muß Sie ins Vertrauen ziehen. Es ist ja nicht unmöglich, daß unser verehrter Herr Major einem Anschlag zum Opfer gefallen ist. Sie kennen ja auch den Schlüssel, den unser verblichener Kommandant immer am Leibe trug. Und Sie haben ja sicherlich bemerkt, daß dieser fehlte, als Sie seinen Körper an Land brachten. Wir müssen uns Gedanken machen, wer denn unseren Major auf dem Gewissen haben könnte, und wer den betreffenden Schlüssel beiseite gebracht haben könnte. Falls Ihnen da etwas aufgefallen sein sollte, muß ich Bükkeburg informieren, die werden dann eine Kommission zusammenstellen und hier alles peinlich genau untersuchen. Sollte sich kein dringender Tatverdacht bezüglich einer Mordtat ergeben, schreibe ich einen kurzen Bericht und damit hat es erst einmal sein Bewenden.«

Windt hat noch am Morgen mit seinem Sergeanten die Lage durchgesprochen und mögliche gewalttätige Ursachen erörtet, die zu Rottmanns Hinscheiden geführt haben könnten. Windt kommt nach einer Stunde rein spekulativer Überlegungen zum Schluß, daß er das furchtbare Ereignis erst einmal als einen Unfall auffassen werde, von dem er selbigentags noch per Boot und reitendem Boten für Bückeburg einen schriftlichen Bericht geben wird. Sergeant Cauhlenfeld meldet sich ab, um die Wachen zu kontrollieren. Fähnrich Windt setzt sich, durch die Kälte wie durch das unerhörte Ereignis erschöpft, an den Schreibtisch Rottmanns. Es ist unterdessen Mittag geworden, aber immer noch dämmerig, Wasser, Wind und Regen nagen weiterhin unverdrossen an der Inselsubstanz. Der Fähnrich rückt zwei Kerzenleuchter so zurecht, daß er möglichst schattenfrei schreiben kann, nimmt einen Bogen gelbliches Bütten aus einer Schublade, tunkt mehrfach einen fertig geschnittenen Gänsekiel in das Tintenfaß, verharrt einen Moment mit erhobener Feder und legt los. Nach den üblichen Formalitäten und Präliminarien entläßt er in aller Kürze diese Sätze aufs Papier:

»Am gestrigen kalten, stürmischen und regnerischen Winterabend, dem 7. Januar 1790, wollte der Kommandant der Festung Wilhelmstein, Major Rottmann, sich allein mit brennender Laterne von Courtine 1 über die Brükke nach Courtine 2 zum Speisezimmer der Offiziere begeben. Dabei rutschte er aus, schlug mit dem Kopf auf den Geländerbalken, fiel ins Wasser und ertrank. Am Morgen darauf wurde er im Wasser gefunden und sein Leichnam im Kommandanten-Zimmer aufgebahrt. Die von mir danach geführten Nachforschungen haben bisher keinerlei ungewöhnliche Umstände zu Tage gebracht.«

Hochzufrieden mit seiner klaren, nüchternen – bei »nüchtern« im Zusammenhang mit Rottmann muß sogar der ansonsten eher humorarme Fähnrich kichern – also mit seiner klaren, nüchternen Beschreibung des Todesfalls hochzufrieden, trinkt er einen Becher Wasser. Das Trinkwasser ist wie gewöhnlich aus dem inseleigenen Brunnen geschöpft worden, der absolut tiefsten zugänglichen Stelle im Wilhelmstein, deutlich unter den Grund des Sees reichend. Nachdem Windt einen tiefen Schluck von der immer leicht moorigen Flüssigkeit genommen hat, hält er den Zinnbecher noch einen Moment in Augenhöhe. Irgendetwas läßt ihn stutzen und einen plötzlichen Zusammenhang herstellen. Drei Dinge: der extrem tiefe Brunnen, Rottmanns wohlgehütete Privat-Kaverne und der an der Leiche fehlende Schlüssel – hängt das nicht irgendwie zusammen? Aber wie?

Es ist neun Uhr nachts, und ununterbrochen heult der eisige Regensturm um das vierflügelige Schlößchen auf der Sternschanze. Sonst heult niemand. Nun ist es schon lange dunkel, und der besagte Schlüssel ist immer noch nicht gefunden worden.

Nur einmal hatte Fähnrich Windt diesen *clef d'or*, den Goldschlüssel, wie sein Besitzer ihn auch nannte, an Major Rottmann von nahem gesehen. Der Kommandant trug ihn an einem schwarzen Band unter seinem Uniformrock, und dieser Schlüssel war anders als die sonst in der Festung verwendeten. Zwar war er auffallend kurz, aber mit einem besonders breiten Bart versehen, der ungewöhnlich konturenreich gestaltet schien und zusätzlich in sich eine Öffnung in Form eines vierzackigen Sterns hatte. Außerdem unterschied sich Rottmanns Schlüssel von den anderen, die hier im Gebrauch waren, dadurch daß er – vermutlich ob seines Scheuerns am Rock und der Unterkleidung des Majors – immer matt-blank schimmerte, wenn er denn mal, was selten geschah, den Blicken anderer zugänglich wurde. Aber golden war das Schließinstrument auf gar keinen Fall, so das es mit Rottmanns Bezeichnung *clef d'or* seine eigene und unbekannte Bewandtnis haben mußte.

Die beiden Wachenden schlürfen an ihren noch warmen Getränken und schweigen und fragen sich, wer wohl zuerst einnicken wird. Doch dazu kommt es nicht. Kurz vor elf Uhr nachts klopft einer der Wachen heftig an die Tür, hinter der die beiden nun ranghöchsten Soldaten der Festung eine Art Totenwache halten. Der Kanonier stößt eine weitere Schreckensmeldung für seine Vorgesetzten heraus. Es gibt einen Wassereinbruch in der untersten Sohle der Festungsanlage. Das Wasser quillt aus der privaten Weinkaverne Rottmanns hervor, meldet der aufgeregte Soldat. »Runter!« ruft Windt, »sofort die Kavernentür aufbrechen!«

Mit mehreren Brechstangen wird die dicke Bohlentür samt ihrer eisernen Beschläge und den Angeln aus dem Sandsteinrahmen gerissen. Rottmanns Schatzkammer ist vollständig überflutet, der kaum bewegte Wasserspiegel hat fast das Niveau der untersten Kasemattenebene erreicht. Mit einer Stange sind in der Kaverne einige unversehrt gebliebene Weinflaschen zu ertasten. Um weiteren Schaden von der Insel und ihrer Bausubstanz abzuwenden, weist Windt zwei fachlich kundige Untergebene, die Kanoniere Mammwah und Silleke an, diese kleine Kammer provisorisch abzudichten und dann sofort die Türöffnung zuzumauern. »Nachtschicht, Soldaten, Gefahr für Leib und Leben. Also ran!«

Wieder oben in Rottmanns Zimmer angekommen, sagt der sehr nachdenkliche Fähnrich dem vor Müdigkeit grau-gesichtigen Sergeanten:

»Cauhlenfeld, Sie haben mir doch erzählt, daß dieser blinde Fischer Garbe aus Steinhude öfter dunkles Zeugs, ja sogar schon mal Drohungen gegen unsere Garnison, speziell den Wilhelmstein, ausgestoßen und verbreitet habe. Der besitzt zwar kein Augenlicht mehr, dieser blinde Aufrührer, orientiert sich aber angeblich im Dunklen wie eine Katze oder ein Maulwurf. Dieser Garbe hätte gut und gerne am nämlichen Abend dem Major auflauern und erschlagen können. Ich werde mich persönlich nach Steinhude zu diesem blinden Fischer verfügen und ihn befragen. Wenn er keine seriösen Zeugen für seine Anwesenheit in Steinhude zur fraglichen Nacht vorweisen kann, wird dieser Garbe unten in der Sternschanze arretiert und gründlichst verhört werden.«

Auch etwas anderes, worüber er mit niemandem mehr sprechen kann, läßt den Fähnrich nicht los. Vielleicht gibt es tatsächlich den Tunnel zwischen der Insel Wilhelmstein und dem Wilhelmsteiner Feld. Vielleicht ist da jemand heimlich und unter dem Seegrund auf den Wilhelmstein gelangt und wieder verschwunden, der auch ihm gefährlich werden könnte. Bisher hat er aber keinerlei Eingang entdeckt oder auch nur einen baulichen Hinweis auf einen solchen gefunden. Er erinnert sich an die Gespräche, die er mit Scharnhorst und besonders hartnäckig mit Rottmann geführt hat, die beide mehr zu wissen schienen, als sie angaben. Und dann dieser schwarze, undurchsichtige Kanonier Mammwah, den Graf Wilhelm zusammen mit sechs goldenen Kanonen einst von Portugal mitgebracht und unter seinen persönlichen Schutz gestellt hat. Gesehen hatte Windt bisher aber bloß den Afrikaner, der möglicherweise in den siebziger Jahren am Tunnelbau mitgewirkt hat. Ach, er weiß einfach zu wenig. Spätestens seit der Belagerung durch die Hessen vor drei Jahren hat sich sein Eindruck verdichtet, daß man ihm wichtige Informationen vorenthält, daß hinter seinem Rücken vieles vorgeht, von dem er rein gar nichts mitbekommen soll.

Während des Alarms und der aufgeregten Suche nach dem Major hatte Dacke mehrere Schichten seiner Kleidung übereinander angezogen, sein weniges Geld in die Taschen gestopft, eine kleine Pistole unter den Uniformmantel geschoben und sein schmales Messer in den Gürtel gesteckt.

Die goldene Kanone wickelte er in ein altes Hemd, verstaute das schwere Bündel in einer großen leinernen Kartuschentasche und hängte sie sich diagonal über die linke Schulter. Im nördlichen Abschnitt der Berme, dem Laufgang auf der Sternschanze, war er behandschuht die glitschige Mauer heruntergerutscht, hatte dann das dort liegende kleine Ruderboot Rottmanns freigeschlossen. Hastig war er damit, immer stur nach dem Kompaß, erst nach Norden gerudert. Er tat das so lange, bis auf dem Wilhelmstein nur noch blasses rotgelbliches Fackelgeflacker zu sehen war. Erleichtert hatte er nun einen weiten Bogen in südöstlicher Richtung eingeschlagen und mit dem ihn treibenden Wind im Rücken vermochte er glücklicherweise nach einer halben Stunde einzelne milchige Lichtpunkte am Ufer auszumachen. Das muß Steinhude sein, dachte Dacke erschöpft, ja, dort ist Steinhude und die kleine Anne. Die Tochter des blinden Fischers, Anne Garbe, die würde ihm weiterhelfen, ihr Vater ihn verstehen. Kurz darauf schubberte die Bordwand seines Bootes schon seitlich an einem dicken Pfahl auf und ab. Dacke, keuchend und schwitzend, ließ seine Augen angestrengt den Ortsrand absuchen.

Kein Mensch war bei den in's Meer ragenden Stegen des Fischerortes zu sehen und weiter hinten in Steinhude auch nicht – soweit Dacke das durch die über das Ufer fegenden Regenvorhänge beurteilen konnte. Er sprang aus dem Boot, vertäute das Schifflein flüchtig an dem Rundholz nahe beim Ufer, machte zwei Storchenschritte aus der wogenden Brandung heraus und begab sich eilig auf den breiten Weg durch den Flecken. Knöcheltief und manchmal bis zu den Waden sank er mit seinen hohen Stiefeln im Schlamm der Straße ein, die zum südöstlichen Rand Steinhudes führte. Es war in dieser gräßlichen Januarnacht wirklich niemand sonst auf den Beinen, nur aus einzelnen Häusern kam der schwache Schimmer von Kerzen- oder Tranlampen. Dacke war darüber sehr erleichtert, denn die meisten Einwohner würden ihn ohne zu zögern festhalten und ihn der Garnison oder direkt der Inselfestung übergeben. Trotz aller Widerstände gegen die Erbauung des Wilhelmsteins und trotz der Abgaben und Transportdienste für die Bückeburger Regenten waren die Steinhuder generell ihrer Obrigkeit treu ergeben. Ein doppelter Deserteur und dazu noch ein Schwede – der war auszuliefern, ganz einfach.

Dacke wollte schon lange nicht mehr uniformiert mit einer Muskete oder Flinte auf andere Menschen zielen und wollte auch keine anderen mehr dazu ausbilden. Das hatte er geschafft. Ob man ihn kriegte oder nicht – die Zeiten in Uniform waren so oder so vorüber.

Links von Dacke fauchte jetzt der wassersatte Wind durch die tobenden Kronen mächtiger Eichen, neben denen starr und drohend der Militärgalgen ragte. Dort hatte schon so mancher Deserteur oder Meuterer sein pendelndes Ende gefunden. In dieser ekligen Winternacht aber hatte das Holzgerüst keinen ehemaligen Soldaten zu Gast. Als Dacke widerwillig etwas näher an das Mordinstrument herantrat, waren einige Kleinigkeiten fast noch drohender als der Galgen selbst. Auf kleinen Blechschildern, genagelt in das Holz der Richtstätte, waren die Namen von Deserteuren zu lesen, denn hier wurden sie gehängt. Sein Name würde hoffentlich nie hier auftauchen, seinen Namen sollten die Steinhuder vergessen, sein Name sollte aus der Geschichte Schaumburg-Lippes so vollständig verschwinden wie er selbst. Dacke spuckte auf das Holz des Galgens, schüttelte den Regen von seinem Schlapphut und stapfte weiter auf seine heimliche Herberge zu. Von dort aus wollte er irgenwie nach Bremen kommen, ein Schiff besteigen und die Vereinigten Staaten von Amerika erreichen. Steinhude war nicht allein eine Zwischenstation, er hoffte auch, daß Anne mit ihm ginge.

Der Wachhabende, Sergeant Cauhlenfeld, hatte am Morgen nach dem Wecken dem am Schreibtisch Rottmanns eingeschlafenen Fähnrich gemeldet, daß ein Boot fehle und überdies jener Dacke Trängkeburg nirgends aufzufinden sei. Zweierlei war also verschwunden mit oder nach dem Tode Major Rottmanns: dessen Leibschlüssel und dessen suspekter Leibdiener Dacke Trängkeburg – den übrigens Windt noch nie gemocht hatte. »Klar, der hat den Schlüssel mitgehen lassen, denn der Trängkeburg, der Wassereinbruch und dieser Schlüsselverlust müssen doch wie Glieder einer Kette zusammenhängen, bloß wie? Der schwedische Schurke wollte doch keinen Wein mopsen, Potz Erpel und Drohnen!«

Rottmanns Leibbursche Dacke Trängkeburg war damit offiziell zu Windts Hauptverdächtigtem ernannt worden, und der Fähnrich teilte das auch bei einem Mittagsappell der ganzen angetretenen Besatzung des Wilhelmsteins mit. Wer diesen gottverfluchten Deserteur ergreife oder zu ihm hinführen könne, dürfe einer Belohnung von zehn Reichstalern gewiß sein, darauf gebe er sein Wort. Wenn jemand etwas dienstlich Wichtiges wisse über den Schuft Trängkeburg, habe er das noch in Tagesfrist ihm, dem Fähnrich zu melden. Andernfalls riskiere ein mutwilliger Verschweiger Dunkelarrest bei Wasser und Brot – auch darauf sein Wort. Die Truppe trat weg, doch keiner machte Meldung.

»Dieser Deserteur hat gewußt, daß er dran ist, dem ist der Boden zu heiß geworden«, sagte Windt später, allein in Rottmanns Offizierszimmer halblaut vor sich hin. Bei diesem furchtbar gehaltvollen Wort »Deserteur« fiel ihm wieder ein, daß sein hochverehrter Lieblingsdichter Schiller ja auch seinen Dienst als Regimentsmedikus, nun ja, nach eigenem Willen quittiert hatte. Major Rottmann hatte das seinem Fähnrich gern unter die Nase gerieben:

»Sein geliebter Schiller, Fähnrich, Sein Schiller ist als Militärarzt schmachvoll desertiert, hat seinen Landesherren im Stich gelassen, ist nichts als ein gemeiner Deserteur, merke Er sich das, Fähnrich!«

Sei's drum, resümierte der Fähnrich, das ist nun Gott sei's gedankt, ausgestanden. Aber dieser verfluchte Dakke Trängkeburg entpuppte sich just als ein doppelter Verbrecher, eine offensichtlich tückische, haltlose Kreatur. Anscheinend konnte dieser Dacke zudem Dinge wissen, die verheerende Folgen zeitigen könnten – so Windt, der emsig beschäftigt war, eventuelle Täter zu »ermitteln«, die er gegebenenfalls seinen Vorgesetzten stolz präsentieren könnte.

Einige Zeit später sprach der Fähnrich gegenüber seinem Sergeanten triumphierend von »einem völlig klaren Fall«. Der ehemalige Leibbursche des Majors hatte nämlich fast seine ganze, wenn auch schmale Habe auf dem Wilhelmstein zurückgelassen. Am Tage nach dem nächtlichen Leichenfund hatte der Fähnrich die Habseligkeiten des Trängkeburg sondiert, und dabei eine Mappe aus feinem, aber abgegriffenem Leder geöffnet und durchgesehen. Darin fand sich neben einigen schwedisch geschriebenen Briefen ein Dokument, das für einen schwedischen Unteroffizier der Kavallerie namens Dacke Dagdriver ausgestellt war. Dacke Dagdriver war also sein tatsächlicher Name. Es handelte sich also offensichtlich um einen Deserteur der schwedischen Armee. Dieser Lump war kein ausgewanderter Garkoch, der immer bloß kochend im Troß irgendwelcher Truppen mitgezogen sei, wie dieser Schwede immer versichert hatte. Schlimm genug, daß so ein angesehener Offizier wie der Oberst von Schroeder den mit auf den Wilhelmstein gebracht hatte. Händereibend sagte Fähnrich Windt seinem Unteroffizier: »Stellen Sie sich vor, Cauhlenfeld. Dieser Dacke, das war ein Lügenschwein, ein doppelter Deserteur, dazu ein Dieb und ein Mörder – ein unglaublich verworfener Charakter. Bückeburg wird baldmöglichst einen neuen Bericht von mir erhalten.«

Im Laufe der Zeit, genauer seit der unblutigen Belagerung durch die Hessen, war Mammwah des kriegerischen Denkens und Handelns zunehmend müde geworden. Seit dem Frühjahr 1787, während dieser angespannten Lage in der Festung, hatte er wieder viel nachgedacht und war zu dem Schluß gekommen, daß er keinem der Lebenden noch etwas schulde. Hier, im vergleichsweise erträglichen Mitteleuropa, könne er überall leben, glaubte er, so müsse er also auch gegen niemanden hier kämpfen. Anders war das in Portugal gewesen, aus diesem Land wollte er ebenso weg, wie er sich der drohenden Herrschaft der Spanier und ihrer Inquisition entziehen wollte. Graf Wilhelm hatte ihm 1762 den Weg nach Norden, den Weg zu einer gewissen Befreiung gewiesen und geebnet. Mammwah war nun zu dem Entschluß gekommen, nie wieder in einer Uniform für einen Herren oder ein Land oder einen Glauben zu kämpfen und zu töten. Der Schuß vor den Bug des hessischen Erkundungskahns war ein Spaß gewesen, eine Kostprobe seines Könnens, das einzig wirklich Erheiternde in diesem naßkalten Frühling 1787.

Major Rottman hatte davon gehört und Befehl gegeben, künftig bei solchen Gelegenheiten allein hoch über die Köpfe zu feuern. Ein Schuß vor den Bug mit einem Sechspfünder konnte zu leicht zur Versenkung des Kahns, dem dann nötigen Herausfischen von Hessen und ihrer Verköstigung etc. führen – alles Komplikationen, die der Major damals vermeiden wollte. Major Rottmanns Maßgabe war immer gewesen, bloß den Feind nicht unnötig reizen und in Ruhe die Zeit für sich arbeiten lassen! Aber dennoch war er tot und, wie Mammwah annahm, wahrscheinlich von Fähnrich Windt umgebracht worden wegen dessen Gier nach dem Kommando über die Insel. Vielleicht aber war's ein anderer gewesen, dieser von Schroeder oder sein schwedisches Mitbringsel, der nun verschwundene Dacke. Mammwah nahm sich für etwas später vor, die Todesumstände und -gründe noch einmal genauestens zu durchdenken. Im Moment beschäftigten ihn Überlegungen zu seiner persönlichen Lage.

Wären damals die erdrückend überlegenen Truppen des Landgrafen von Hessen-Kassel tatsächlich übers Eis vorgegangen, hätte sich Mammwah sogleich nach Norden, nach Mardorf abgesetzt. Jeden, der ihn hätte zurückhalten wollen, hätte er aus dem Wege geräumt, auch den ansonsten umgänglichen Kommandanten Rottmann selbst, hätte der die Verteidigung der Wilhelms-Befestigungen bis zur letzten Patrone befohlen. An einem kriegerischen Massaker wollte Mammwah nicht mehr beteiligt sein, und wenn er schon tötete oder getötet werden sollte, mußte klar sein, wofür. Einiges aus dem fernen Frankreich hatte nun die Runde gemacht, was Mammwah an das erinnerte, was er über das noch fernere Amerika gehört hatte. In Paris sei im letzten Jahr eine Stadtfestung mit Gefangenen gestürmt worden, Adlige sollen dort in ihrer Macht eingeschränkt werden – es herrsche überhaupt eine große Wirrnis in Frankreich. Das hatten neu auf die Inselfestung kommende Soldaten und andere Besucher berichtet. Vielleicht gebe es auch wieder Krieg mit den Franzosen und der Wilhelmstein müsse erneut seine Unbezwingbarkeit beweisen.

In allen europäischen Armeen, die Mammwah kannte und von denen er gehört hatte, galt der eherne Grundsatz: Ein Soldat muß vor seinen Offizieren mehr Furcht haben als vor dem Feind. Für Mammwah galt das nicht mehr, seit er auf dem Wilhelmstein Dienst tat. In seinen Träumen und Gedankenspielen kannte er noch Vergleichbares zu Furcht und Angst, da lebte er solche starken Seelenbewegungen ab und zu aus. Alles andere war bloß eine unwirtliche und karge Wirklichkeit, deren wenige erquicklichen Seiten er nach Kräften auskostete. Ein kriegerisches Gefecht um den Wilhelmstein hätte also für ihn sofortige Flucht bedeutet, notfalls über die Leichen derer, die ihn hätten aufhalten wollen.

Von Mardorf aus, das ja zum Kurfürstentum Hannover gehörte, hätte er in diesem Fall versucht, sich nach Braunschweig oder Hannover durchzuschlagen, um dort als erfahrener Artillerist in den Sold zu kommen. Etwas anderes hatte er nie gelernt, und falls er wieder in Gefechtstätigkeiten gebracht werden sollte, würde er eben erneut desertieren. Ob das dann gut ginge oder man ihn doch bald faßte und kurzerhand füsilierte oder aufhängte, darüber zerbrach er sich nicht den Kopf. Das Sterben in Uniform, ehrenhaft oder unehrenhaft, war seit seiner Jugend ebenso gewöhnlich wie die allmorgendliche Grütze mit Dünnbier. Nun, es hatte auf dem Steinhuder Meer kein Eis mehr gegeben in diesem Frühjahr 1787, die Hessen waren abgezogen und der Dienst auf dem Wilhelmstein und drumherum war noch eintöniger geworden.

Mammwah hatte übrigens nie etwas erfahren von den heimlichen Gelüsten Dacke Trängkeburgs, bei sich bietender Gelegenheit Europa zu verlassen. Dacke und er hatten, trotz der Inselenge, kaum Kontakte, gemeinsame Gespräche schon gar nicht. Dacke war der Mann für alles gewesen: vom Diener bis zur Ordonnanz, vom Leibkoch bis zum persönlichen Fischer. Er war entweder oben im Schlößchen, im Offiziersspeisezimmer oder in Rottmanns flachem Ruderboot zu finden. In den Kasematten, auf der Berme oder in den Mannschaftsquartieren so gut wie nie. Aber etwas von diesem abgrundtiefen Defätismus des Kanoniers Mammwah mußte zu Windt gedrungen sein, der einen Riecher für Insubordination und Eigensinn bei seinen Untergebenen besaß. Er konnte sich sowieso nie damit abfinden, daß ein gemeiner Soldat mit gewissen Sonderrechten ausgestattet worden war, quasi unter dem besonderen Schutz der gräflichen Familie stand. Nach dem Fund der Leiche Major Rottmanns hatte er sich gegenüber zwei Unteroffizieren dahingehend geäußert, daß man diesen Mammwah, den sogenannten Kanonengrafen, auch mal genau examinieren müsse. Falls es doch mehr als ein Unfall war, der den Major ins nasse Jenseits expediert hatte, werde er ihn sich vornehmen. Nachdem feststand, daß Dacke Trängkeburg alias Dagdriver von der Insel geflohen war, vermutete der nun bereits zum Leutnant beförderte Windt sogar ein stilles Komplott des Schweden mit dem Schwarzen. Damit geriet Mammwah gewissermaßen in die gedankliche Schußlinie des auf eigene Faust ermittelnden und unvermindert ehrgeizigen Leutnants. Wenn er dem unnahbaren Schwarzen da etwas nachweisen könne, wäre es auch mit dessen Privilegien vorbei.

Oberst von Schroeder war am Nachmittag des 7. Januars mit Einbruch der Dunkelheit in einer Kutsche nach Steinhude gekommen. Den Namen des blinden Fischers und dessen Haltung zum Wilhelmstein hatte ihm ein hessischer Offizierskamerad mitgeteilt. Es war jener Oberst Schäfer, dem während der Belagerung der Inselfestung ein Fischer ohne Augenlicht seinen Fährdienst angetragen hatte. Und nun hatte der blinde Andreas Garbe den nun ebenfalls hessischen Oberst von Schroeder durch Wind und Wetter hinüber gebracht, weil der alte Steinhuder Fischer es wollte und überdies 50 Reichstaler erhalten hatte. Von Schroeder kannte dank seiner diversen Transporte, Besuche und Kontakte die einzige Schwachstelle in der unterirdischen Wasserbarriere. Weil einer der Pfähle, an denen je ein Ende der starken Kette befestigt war, umgesunken unter Wasser lag, hingen die betreffenden Eisenglieder dort einen halben Meter tiefer unter dem Seespiegel als die übrigen. Mit einem kleinen flachen Boot wie dem Garbes konnte man so direkt und diskret an die untere Berme, den schmalen Weg um die Sternschanze gleiten. Der Fischer hatte den Oberst am Nordrand der Berme abgesetzt und dieser hieß seinem Fährmann, sich ganz ruhig zu verhalten, dort auf ihn zu warten, er, von Schroeder, käme sehr bald wieder.

Andreas Garbe hatte im Boot am Nordufer gewartet, in die brausende Nacht hinein gelauscht, aber weiter nichts gehört. Nach einer knappen halben Stunde kam der Oberst eiligst angestiefelt und hatte die sofortige Rückkehr angeordnet. Andreas hatte ihn aufgenommen und auf dessen Wunsch zügig nach Hagenburg gestakt. Dort wartete direkt am Anlegesteg eine Kalesche auf den Obristen. Bevor Oberst von Schroeder das Fahrzeug bestieg, hatte er dem blinden Fischer einen Beutel mit 50 Reichstalern ausgehändigt. In drohendem Ton hatte er strikte Verschwiegenheit befohlen und bemerkt, daß er andernfalls den alten Garbe auch noch stumm und taub machen könne. Was aber dem nächtlichen Besuch des Obristen vorausgegangen war und auf dem Inselgebilde in weniger als dreißig Minuten geschehen war, das erfuhr Andreas Garbe nie.

Major Rottmann hatte bei seiner letzten Begegnung mit Oberst von Schroeder im gerade verflossenen letzten Jahr etwas ungeheuer Unvorsichtiges angedeutet. Er müsse das in seinem Besitz befindliche goldene Kanonenrohr im nächsten Jahr zu Geld machen, da er finanziell am Ende sei. Er würde das nur dann nicht tun, wenn von Schroeder ihm baldigst tausend Reichstaler aushändige. Von Schroeder hatte dieses Ansinnen kühl zurückgewiesen, Rottmann hingegen auf diesem »kleinen Entgegenkommen« bestanden. Sie hatten sich im spätsommerlichen Schloßgarten von Hagenburg mit gedämpfter Stimme einen kurzen verbissenen Disput geliefert. Rottmann, wieder einmal angetrunken, hatte kategorisch erklärt, dann komme die Kanone raus, er wisse auch schon wie. Von Schroeder hatte ihn vor diesem Schritt eindringlich gewarnt, Rottmanns Reaktion war ein kurzes Auflachen. Bevor letzterer sein Boot bestieg, um selbst zurück zur Inselfestung zu rudern, hatte er abschließend bemerkt: »Ich bin der Held vom Wilhelmstein, Oberst, wovor sollte ich wohl Furcht haben?«

Inzwischen hatte Oberst von Schroeder dem Major einen einlenkenden, versiegelten Brief zukommen lassen. Er könne momentan nur 500 Reichstaler flüssig machen, die anderen bekäme er später, darauf sein Ehrenwort als Offizier. Man solle sich zum 7. Januar gegen sechs Uhr abends im Offiziersspeisezimmer treffen, diskret solle der Major die »Gegengabe« mitbringen. Er selbst würde dafür sorgen, daß er unerkannt hinkomme und empfehle dazu dem Major, für diesen und die weiteren Abende völlig auf Außenwachen zu verzichten.

Der Oberst war, während Andreas Garbe geduldig seiner harrte, eilig an der Sternschanze vorbei zum betreffenden Außenwerk der Festung gestiefelt. Er würde diesem verkommenen Rottmann das kostbare Rohr abfordern, ihm die Reichstaler geben und dann weitersehen.

Von Schroeder eilte also, unterdessen mit den Augen gut an die Dunkelheit angepaßt, zur zweiten Courtine. Dort im Häuschen wollte er Rottmann treffen und von anderen unbemerkt den Tausch Kanone gegen Geld vollziehen. Unterwegs stolperte der Oberst über ein umherliegendes Kantholz, hob es mit der Rechten auf und säbelte mit ihm probehalber durch die Regenvorhänge. Das nasse Holz hatte ihn auf eine Idee gebracht. Augenscheinlich war niemand sonst draußen, Rottmann hatte sich an seinen Vorschlag gehalten. Es war ganz einfach, er würde den Major kurzerhand aus dem Wege räumen, das Goldrohr an sich nehmen und mit ihm verschwinden – der blinde Fährmann würde es sowieso nicht bemerken. Damit wäre ein Problem aus der Welt und er etwas vermögender. Über das künftige Schicksal seines unwissenden nächtlichen Helfers, des blinden Garbe, wollte der Oberst unterwegs nachdenken.

Einige Minuten nach seiner Betrachtung des Militärgalgens erreichte Dacke das Haus der Garbes. Er mußte länger vorsichtig klopfen, gedämpft »Anne, Andreas!« rufen, bis endlich ein Licht in einem der Fenster aufglomm und er ins Haus eingelassen wurde.

Als Anne vor ihm stand mit einer Laterne in der Linken, rechts auf einen dicken Knüppel gestützt, vergaß sich Dakke. Er schloß sie in seine Arme, wiegte sie sacht hin und her und flüsterte: »Anne, Anne, liebe Anne.« Einige Male ließ sie es ruhig geschehen, löste sich dann behende aus Dackes Armen und sagte: »Na, du bist mir einer. So wie du aussiehst brauchst du was für Leib und Seele. Setz dich an den Tisch, ich bring dir zu essen und mach dir was Heißes zu trinken.«

Er aß und trank. Komisch, Andreas, ihr blinder Vater, war nicht da. Er sei so gegen Abend von einem feinem Herren, wohl einem Adeligen oder Offizier, draußen im Hinterhof angesprochen worden. Ihr Vater habe danach bloß noch ein dickes Halstuch, seine Teerjacke und den großen Hut geholt und sich knapp von ihr »bis später!« verabschiedet. Annes kurzer Bericht löste bei Dacke ein noch unbestimmtes Gefühl von neuen Bedrohungen aus – als ob er sich nicht ohnehin schon in größter Gefahr befinde!

Erst weit nach neun kam Andreas zurück. Verwundert grüßte er den beim Feuer sitzenden Dacke und verlangte heißen Kaffee, sonst nichts. Andreas und Dacke schwiegen. Dacke sah sich lange Andreas an und überlegte. Endlich sagte er: »Ich komme vom Wilhelmstein.« Andreas lachte kurz auf und krächzte: »Was du nicht sagst. Ich auch.« Dacke erschrak bei diesem Satz: »Dammich, was war da los? Ich bin da vorhin abgehauen. Für immer.« Dakke erzählte von seiner Flucht, daß es eine große Unruhe gegeben habe, weil wohl der Major gesucht wurde. Nichts aber sagte er von der Kaverne und ihrem kostbaren Inhalt. Andreas schwieg wieder einige Minuten, zuckte mit den Schultern und begann mit heiserer Stimme zu reden: »Es hat große Unruhe auf dem Wilhelmstein geherrscht? Du bist doch lange nach mir dort entwichen. Ich habe zwar einem hohen Herren etwas versprochen, aber der Herr, so dünkt mir im Nachhinein, könnte auch ein Schuft sein.«

Andreas berichtete von seiner stürmischen Seereise mit Oberst von Schroeder einschließlich des Verweilens auf dem Wilhelmstein und des Umwegs über den Hagenburger Kanal. Was da genau passiert sei, wisse er nicht, aber wenn sich ein so hoher Herr nächtens und heimlich auf die Feste bringen ließ, müsse es etwas Gefährliches sein.

»Doch was soll's. Alles, was dort Schlimmes geschehen kann, läßt mich kalt. Graf Wilhelm hat uns schon vor über vierzig Jahren ausgepreßt, als er die zusätzlichen Steuerforderungen erhoben hat. Die Bauern Schaumburg-Lippes haben damals Deputierte gewählt, die nach Rinteln gekommen sind. Dort haben sie um Schutz vor diesen schweren Belastungen durch den Landgrafen von Hessen-Kassel erbeten. Unser Graf hat danach die Erhöhungen immerhin etwas abgeschwächt.

Er wollte wohl einem Aufruhr vorbeugen. Und dann, vor sechs Jahren, unter unserem seltsamen Graf Philipp Ernst, gab es eine weitere drastische Erhöhung der Kontributionen. Anne hatte mir damals aus einer Flugschrift vorgelesen, die kurz zuvor ein gewisser Bürger, ein aufrechter Poet, verfaßt hatte. Das Gedicht hieß, so ich mich recht erinnere: ›Der Bauer an seinen durchlauchtigen Tyrannen‹. Drei Strophen haben sich mir ins Gedächtnis eingebrannt:

> Die Saat, so deine Jagd zertritt,
> was Roß, und Hund, und du verschlingst,
> das Brot, du Fürst ist mein.
>
> Du Fürst hast nicht, bei Egg' und Pflug,
> hast nicht den Erntetag durchschwitzt.
> Mein, mein ist Fleiß und Brot!
>
> Ha! Du wärst Obrigkeit von Gott?
> Gott spendet Segen aus; du raubst!
> Du nicht von Gott, Tyrann!

Ich hoffe, es waren die rechten Verse. Mir haben sie sehr zugesagt. Die Liebe zu unseren Landesherren war nie sehr groß, und allein der hessische Landgraf hat uns einfachen Leuten allzeit Hoffnungen auf Verbesserungen gemacht. Ich kannte in Stadthagen einen Bürgermeister Windt, das war ein ziemlich rebellischer Bursche. Nun gibt es ja auf dem Wilhelmstein einen gleichnamigen Fähnrich – das ganze Gegenteil von dem alten Windt. Ob der sein Vater ist? Und wenn – warum sind Vater und Sohn so verschieden? – Nun ja, es ist nichts Besseres für Unsereinen passiert, wie ihr beide wißt, die Hessen mußten vor fast drei Jahren unverrichteter Dinge wieder abziehen. Ich hatte heute abend jedenfalls keine Veranlassung, dem nun hessischen Oberst von Schroeder die Fährdienste zum Wilhelmstein abzuschlagen, wo doch dauernd Besucher dahinkommen dürfen und überdies seit drei Jahren Frieden herrscht.«

Andreas trank bei seinen Ausführungen nichts als Kaffee und Wasser, aß immer noch nichts, sprach bloß.

Dacke konnte sich nun einiges erklären, anderes aber noch nicht. Es mußte irgendetwas außerordentlich Beunruhigendes auf der Inselfestung geschehen sein. Er dachte an den Lärm und die Fackellichter bei seiner Flucht. Er war – wie auch immer – in etwas hineingeraten, das weit über seine Fahnenflucht hinausging, das ahnte er. Er mußte ganz schnell fort, aber auch völlig unerkannt, um Andreas und Anne nicht in beträchtliche Gefahren zu bringen. Nein, besser noch, Anne sollte mitkommen. Dacke wollte sie für immer bei sich haben. Als er ihr das sagte, während Andreas draußen noch Wasser für die Nacht schöpfte, lachte Anne belustigt auf. Das ginge auf gar keinen Fall, da sie für ihren Vater sorgen müsse, der habe sonst niemanden. Daß Dacke weit weg wolle, könne sie verstehen. Sie finde das traurig. Mehr habe sie dazu nicht zu sagen. Es sei überdies spät, man müsse zu Bett. Dacke könne auf der Bank am Feuer ruhen, er bekomme dafür noch einige Kissen und Decken. Sie wünsche trotz allem eine gesegnete Nacht.

Der Oberst hatte in der Mordnacht Schaumburg-Lippe problemlos mit seiner Kutsche verlassen können und war über das Calenberger Land wieder ebenso unbehindert nach Rinteln ins hessische Gebiet gereist. Dort hatte er sich der Erholung und den nächsten Schritten seines Vorhabens gewidmet. Nun war es früher Nachmittag. Er stand mit seinem Wagen an der Südgrenze der Grafschaft und begehrte von der Wache am Schlagbaum Durchlaß. Obwohl sich zum böigen Regen nun einige Schneeflocken gesellt hatten, lag den drei Bückeburger Grenadieren nichts an einer zügigen Abfertigung der zwei Insassen und ihres Kutschers. Der Oberst hielt ein gesiegeltes Schreiben der Fürstin von 1787 aus dem Fenster. Hierin war dem Oberstleutnant von Schroeder völlige Bewegungsfreiheit in der ganzen Grafschaft zugesichert und alle zivilen wie militärischen Bediensteten wurden angewiesen, ihn vorbehaltlos zu unterstützen.

»Mit Verlaub, Herr Oberst, Ihr seid heute hessischer Offizier und das Diplom ist fast drei Jahre alt«, sagte in schon devoter Haltung der Wachhabende.

Der Oberst von Schroeder lehnte sich leicht aus dem Fenster und äußerte sich gegenüber dem Zögernden dahingehend, daß ja nun die Verhältnisse zwischen der Grafschaft und Hessen-Kassel freundschaftliche geworden seien. Er selbst ja als Offizier hierzulande lange in Diensten gewesen sei und beabsichtigte, in Steinhude Schokolade zu erwerben, was sein Dienstherr im Hessischen nicht so gerne sehe. Der grün Uniformierte neben ihm, daß sei bloß sein Diener Runge, der ihm behilflich sein solle. Was der Oberst dem Sergeanten und den zwei Wachsoldaten allerdings verschwieg, war die Eisenkette, die unter der dicken Pferdedecke die Beine des Grünberockten verbanden.

An den immer noch zögernden Sergeanten am Grenzbaum gewandt, ließ sich der Oberst endlich dazu herab dem Wachhabenden in fast vertraulichen Ton mitzuteilen:

»Ich will Ihnen ohne Umschweife meinen Reisegrund anvertrauen, Sergeant. Der hessische Landgraf, mein verehrter Herr, ER möge seine Glorie mehren, behindert – sicherlich aus vernünftigen kameralistischen Gründen – immer noch die Fabrikation und den Handel des köstlichen Gebräus. Die fürtrefflichen Meineckes in Steinhude aber genießen einen vorzüglichen Ruf wegen ihrer Schokoladen. Da will ich mir ein paar Blöcke dieser Delikatesse beschaffen. Also, man kennt mich ebensogut in Bückeburg wie in Kassel, Sergeant, seid besonnen und laßt mich flugs passieren!«

Das Wetter war weiterhin schaurig, es war Frieden und der Herr in der Kutsche offensichtlich ein mächtiger Offizier. Der Sergeant salutierte, ein Grenadier hob den Schlagbaum und der Kutscher ließ die beiden Schimmel antraben. Innen beugte sich der Oberst zu seinem Gegenüber. »Runge, hör zu. Deine Fußketten mache ich dir in Steinhude los. Ich hebe sie für dich auf, falls du dich als untauglich erweisen solltest«, murmelte von Schroeder.

»Ich werde Herrn Oberst nicht enttäuschen, darauf mein Wort, Euer Gnaden.«

Der Angesprochene lachte halblaut: »Euer Wort, vortrefflich, vortrefflich. Ein hübscher Witz für einen fahnenflüchtigen Soldaten. Aber haltet euch dran, Runge, sonst die Schwerenot!«. Oberst von Schroeder machte eine für das Hängen typische Handbewegung.

Der nächste Tag verlief bis auf das Wetter ruhig, denn immer noch wehten schwere Regenschauer um das Haus. Als es dunkel wurde, ging Andreas zum Füttern in den Schweinestall. Anne bereitete eine Abendmahlzeit zu, Dacke redete auf sie ein, doch mit nach Amerika zu kommen. Ihm war klar, daß er gleich nach dem gemeinsamen Tisch sie verlassen müsse. Was sollte er bloß tun, daß sie mit ihm ginge?

Während sie dabei war, mehrere Scheiben vom Brotlaib zu schneiden, hielt sie mehrfach inne. Dacke schaute sie prüfend an und unterbrach den Strom seiner Überredungsbemühungen. »Die Schweine quieken so komisch, schau doch bitte mal im Stall nach, Dacke«, sagte sie besorgt. »Nimm eine Laterne mit, es ist natürlich dunkel bei den Schweinen, weil sich Andreas dort allein aufhält.«

Dacke trat aus dem Haus, behielt dabei die offene Stalltür im Auge und holte sich eine brennende Laterne aus der Waschküche gegenüber. Langsam ging er über den schmalen Hof und betrat den finsteren Stall, in dem die Tiere immer noch wie außer sich lärmten.

Verwundert blickte Dacke auf den gestampften Lehmboden des Schweinestalls. Dort lag Andreas' blutbefleckter Körper. Dacke hielt in der Bewegung inne, von der gegenüberliegenden Wand löste sich ein Schatten. Dacke ließ die Laterne fallen. Noch während sie verlöschte, packte er die große dreizinkige Mistgabel neben der Tür und richtete ihre Spitzen schnell nach vorn. Etwas vor ihm blitzte metallisch auf, fuhr, begleitet von einem Grunzen, auf ihn zu. Das Grunzen wurde gleich darauf von einem gepreßten Schrei abgelöst, eine Klinge fiel zu Boden. Dacke spürte das immer mehr zunehmende Gewicht auf dem Stiel und stieß die Gabel mit beiden Händen so tief er konnte – erst schräg, nun schon nach unten – in sein finsteres Gegenüber, das sich jetzt röchelnd und ächzend auf dem Boden wandt. Anne eilte mit einer anderen Laterne herbei, schrie unterdrückt auf, hielt sich dann aber mit der freien Hand den Mund zu. Dacke setzte ein Bein auf seinen Gegner und zog die Zinken aus dessen Leib. Der schrie heulend auf, fluchte und flehte: »Ah, verdammt! Gnade, Gnade, der Oberst hat's ja so gewollt, der Anstifter, zumTeufel, hol' einen Arzt, ich bitt' dich, einen Arzt!«

»Wenn der dem alten Garbe noch helfen kann, kriegst du ihn auch, Drecksack, wenn nicht, werde ich dich hier elendig krepieren lassen.«

Dacke nahm Anne, die leise wimmerte und weinte und ein ihm unverständliches Gebet murmelte, die Laterne aus der Hand. Der auf dem Boden gekrümmt Liegende hielt sich die Hände vor den Bauch, seine erkennbar noch jungen Gesichtszüge waren entstellt von einem keuchenden wie zerrissenen Mund. Er trug eine abgewetzte grüne Uniform und neben ihm blitzte die Klinge eines langen Seitengewehrs auf, so eines, wie es die berittenen Jäger trugen. Dacke schob das Mordinstrument mit dem Fuß zu Anne und drehte sich zum reglos hingestreckten Andreas Garbe. »Andreas, hej, Andreas, hej, hej, hej!« Der blinde Fischer zeigte keine Reaktion auf Dackes Anruf. Zögernd hielt Dakke die Laterne ganz nah an das Gesicht des Überfallenen. Seine Lider waren geöffnet, zeigten völlig stumpfe, goldgraue Augen ohne Pupille, ohne Blick. Dacke stellte die Lichtquelle neben Andreas' Kopf und wandt sich Anne zu und sagte energisch: »Anne, nimm die Waffe in deine Hand und paß' auf den Meuchler auf. Wenn das Schwein sich auch nur ein bißchen aufrichtet, Anne, stich oder hau fest auf ihn ein.«

Dacke brachte sein linkes Ohr ganz nahe an den Mund des reglosen Fischers. Er spürte keinen Atem, gar nichts. Andreas war tot.

»Anne, liebe Anne, paß auf, halte das Seitengewehr ganz fest. Ich muß erst den Mordbuben hier unschädlich machen.«

Dacke band nun mit einem Seil dem aus seinem Rumpf blutenden Mörder die Beine und die Arme, trug ihn so ins Wohnhaus, wo er ihn neben dem Feuer in eine sitzende Position an der Wand brachte. Dann ging er schnell zurück in den Schweinestall. Die Tiere hatten sich beruhigt, grunzten und rieben sich aneinander wie immer. Anne aber lag auf den Knien neben ihrem Vater, hielt seinen Kopf mit den Händen, weinte und flüsterte unaufhörlich etwas. Dakke berührte ihre Schulter und strich ihr zum ersten Mal ganz leicht übers Haar.

»Anne, liebe Anne, wir müssen klug sein. Komm' wir tragen ihn in sein Bett, Anne, bitte fass' ihn bei den Füßen, dein Vater muß hier weg.«

Anne wusch dem Toten das Gesicht und die Hände, zog ihm seine Sonntagsjoppe über, faltete ihm die Hände – zu mehr war keine Zeit mehr. Als ihr erstochener Vater da so leblos auf dem hohen Kastenbett in seiner Schlafkammer lag, drängte sich Anne bei allem anhaltendem Entsetzen eine klare Einsicht auf: Sie kann nun, ja muß nun weg aus Steinhude. Alle ihre Bedenken, die sie seit gestern nacht gequält hatten, waren nichtig geworden.

Dacke stand sowieso, nach allem, was er und ihr Vater vom Wilhelmstein berichtet hatten, in Verdacht jegliche Untat begangen zu haben. Sie selbst würde gewiß mindestens als Mitwisserin der Untaten behandelt und vermutlich peinlich verhört werden. Als alleinstehende junge Weibsperson ohne gewichtige Fürsprache drohten ihr das Bückeburger Zuchthaus, vielleicht sogar der Galgen oder das Schwert.

Sie würde mit Dacke daher so schnell es ging nach Bremen reisen, erst mit dem Pferdekarren hinaus aus Schaumburg-Lippe, dann mit einem Leineschiff flußabwärts. Sie stellte noch zwei große brennende Bienenwachskerzen rechts und links des Hauptes ihres Vaters auf, küßte ihn auf die Stirne und ging eilig ins Vorderhaus, wo Dacke den ächzenden Gefesselten befragte.

Der Mörder flehte nach Wasser. Dacke rührte sich nicht, aber Anne kam mit einem irdenen Becher herbei und labte den schwerverletzten Verbrecher. Hustend schlürfte er das Wasser ein und dann redete er: »Der Oberst hat mir versprochen, wenn ich den alten Fischer umbringe, müßte ich als fahnenflüchtiger Soldat keine Karren schieben, müßte nicht künftig in Ketten gehen, sondern wäre frei.«

»Welcher Oberst, Kerl, verdammich, wie heißt der Schurke?«

»Oberst von Schroeder, habt Erbarmen, Oberst von Schroeder hat mich gedungen. Die 50 Taler, die er dem

Alten gegeben hat, könnt' ich auch behalten. Ich bin noch so jung, ich will kein Karrensträfling werden. Der Oberst hat mich von Rinteln mit seiner Kutsche bis vor Steinhude geschafft. Von dort bin ich hierher marschiert. – Wasser, gib mir mehr Wasser, ich verbrenne innerlich!«

»So, und dann hast du ihrem Vater aufgelauert, hast gedacht, du wärst allein mit einem Blinden und einer Frau. Was hast du denn mit der Tochter vorgehabt, du widerliche Kanaille?«

»Nichts, gar nichts, den Alten, das Geld und dann weg. Frei sein wollte ich, verflucht!«

»Ich weiß nicht, wer du bist und will's auch nicht wissen. Ich laß dich leben, laß dich hier hocken. Wenn du tapfer an deinen Fesseln arbeitest, kannst du bis zum Morgen frei sein und das Weite suchen, wenn du es dann noch vermagst, Schuft. Wenn nicht, ist's mir auch recht. Dann bete fleißig! Garbes Tochter wird einen kleinen Brief verfassen, der das Geschehene schildert. Den werden wir beim Pastor in die Tür klemmen, damit alles beim Namen genannt werde.«

»Aber wir können ihn doch hier nicht einfach verletzt und gebunden zurücklassen, Dacke.«

»Wir müssen, liebe Anne, wir müssen. Er hat nicht verdient, das wir unsere – mmh Abreise nach Preußen wegen ihm gefährden. Er bleibt hier, bleibt in Gottes Hand, falls er an so etwas glaubt.« Der Gebundene stöhnte auf, sein Kopf sank zur Seite. Ohnmächtig gab er röchelnd Atemstöße von sich.

Anne und Dacke zogen sich in die Stube zurück, nachdem er noch einmal die Fesseln des Mörders überprüft hatte. Beider Entschluß stand ohne Umschweife fest: Um jeden Preis wollten sie zusammen in die Vereinigten Staaten von Amerika auswandern. Die lagen zwar unendlich weit weg, bedeuteten aber die einzige realistische Hoffnung, ganz neu anzufangen. Anne wußte, daß es schon einige hessische Deserteure, dazu wenige Schaumburger Auswanderer in den Staaten zu einem eigenen Gehöft gebracht hatten. Dacke hatte es schon vor Jahren erfreut, daß die starren regulären Armeen der Briten den beweglicheren Einheiten der Siedler und ihrer irregulären Kleinkriegs-Taktik letztlich unterlegen waren. Und nun herrschte in diesem riesigen Land Frieden, und es nahm alle auf, die von den drückenden europäischen Verhältnissen die Nase voll hatten. Was sie auch immer im Einzelnen bewog: Nordamerika war beider erklärtes gemeinsames Fluchtziel. Dackes Gefühlsleben erfüllte das mit blanker Freude, Anne verband damit vergleichsweise nüchterne Pläne.

Sie wollten gleich los, bei Nacht, Nebel und kalten Regengüssen. Sie mußten lange fort sein aus der Grafschaft, noch bevor der Tag anbrechen und das Furchtbare vielleicht dann schon ruchbar würde.

Nach kurzem Überlegen suchte sie einige dicke Kleidungsstücke für sich und ihn, etwas Proviant und alles Geld, einschließlich der 50 Reichstaler Fährlohn, zusammen. Er packte das Wenige in zwei Reisetaschen und einen Korb. Nun galt es, leise den zweirädrigen Karren aus dem Schuppen zu beladen, und das Pferd, einen schweren braunen Ackergaul, aus seinem Stall zu holen und anzuspannen. Unterdessen beschrieb Anne in ungelenken Buchstaben und Worten einen Papierbogen. Sie kam mit einem alten Dreispitz auf dem Kopf aus dem Haus, reichte dem Wartenden ihre zusammengefalteten Notizen, die von Dakke unter seine dicke Joppe geschoben wurden. Anne setzte sich neben ihn, zog das Schultertuch eng um den Hals, nahm die Zügel in die Hand und schnalzte einmal mit der Zunge. Der Pferdekarren setzte sich, von Schneeregen umweht, in Bewegung. Eingewickelt in Kleidung von Annes Vater und mit dessen großem Hut war Dacke auf dem Bock kaum als Fremder zu erkennen, auch weil er in etwa die Statur des Ermordeten hatte. Wenn beide in dieser Winternacht wider Erwarten auf den schlammigen Straßen Steinhudes bemerkt würden, dächte doch jeder: Ach, der alte Garbe mit seiner Tochter, die führt die Zügel, wie immer. Doch wo Andreas bloß hin will, so mitten in der Nacht? Na ja, bei dem ist immer Nacht, da macht das ja wohl nichts.

So schnell es der Zockeltrab, das äußerst schwache Licht und die schlammigen Straßen gestatteten, verließen sie Steinhude in östlicher Richtung. Ihr Fahrziel war die Leine bei Neustadt, wo immer Kähne und Schiffe nach Bremen anlegten. Dort wollten sie ihr Fahrzeug verlassen, sich auf ein Schiff begeben, über die Aller die Weser erreichen. In Bremen angelangt, würden sie sich einen Segler suchen, der so bald wie möglich in die Neue Welt aufbricht.

Sie rollten südlich am großen Kohlgarten Steinhudes vorbei, bogen am Gelände der Artillerieschule gen Norden auf einen kaum erkennbaren Feldweg ab und zwängten sich quälend langsam zwischen dem Rand von Großenheidorn und den Sumpfwiesen durch. Zu ihrer Erleichterung bemerkten sie niemanden unterwegs. Nachdem sie Großenheidorn umfahren hatten, lenkte Anne ihr Gefährt wieder gen Osten. Es waren wieder sehr tiefgründige Ackerpfade, die nach etwa einer halben Stunde auf einen flachen Sandhügel hinaufführten.

Mühsam quälten sich das Pferd und seine Lenkerin durch Föhren und Kiefern hindurch, die manches Mal eisnaß durch die Gesichter peitschten. Nach einer weiteren Stunde mühsamster Fahrt zog Anne die Zügel an sich und hieß den Braunen anhalten.

»Dacke, wir sind jetzt weit hinter dem Palsberg und schon ein gutes Stück im Kurfürstentum Hannover. Wir müssen jetzt schnell entscheiden, ob wir auf der Straße nach Neustadt fahren wollen oder uns besser durch die Heide, die Äcker und den Rand des Moores durchschlagen. Los, du bist Soldat gewesen, was sagt deine Erfahrung?«

»Liebe Anne, wenn wir stecken bleiben, nützt uns auch der Karren nichts mehr. Es wird nichts Nennenswertes unterwegs sein bei so einem Schietwetter, schon gar keine Patrouille. Wir müssen es riskieren, daß man uns schon hier sieht. Wir nehmen die große Straße nach Neustadt, die ist auf jeden Fall befahrbar, und wir sind in der Frühe an der Leine, und dann erst einmal in Sicherheit, liebste Anne.«

Die Angesprochene drückte sich eng an Dacke, hielt aber weiterhin die Augen offen und die Zügel fest in der Hand. Langsam erfaßte beide eine große Erleichterung, da sie endlich das Gebiet Schaumburg-Lippes hinter sich gelassen hatten. Nach einigen Minuten bekamen sie auch die festere Landstraße nach Neustadt unter sich, welche sich in weichem, langem Bogen nach links krümmte. Dacke unterbrach das Schweigen und sagte fast heiter: »Schließlich gelte ich nun zu Recht als zweifacher Deserteur und wahrscheinlich – aber zu Unrecht – als Doppelmörder. Bis die den verwundeten Meuchler in deinem Haus gefunden haben und wissen, wohin wir die Grafschaft verlassen haben, sind wir längst auf hoher See!«

Er hatte es kaum zu Ende gesprochen, als vor ihnen schemenhaft einige beplante Leiterwagen auftauchten. Dacke erschrak, zwang sich aber, die durch die düsteren Regenschleier Näherkommenden genauer zu betrachten. Die vierrädrigen Fahrzeuge waren von kleinen Pferden gezogen, man saß zu zweit oder zu dritt vorne unter der geflickten Plane. Er atmete durch. Keine Soldaten, keine Streife, keine Gefahr. Die vier Planwagen rollten klappernd und rumpelnd vorbei, keiner der Insassen beachtete die Flüchtenden. Dacke und seine Karrenlenkerin atmeten durch.

Anne sagte: »Es sind Zigeuner, die wollen sicher zu den Schieren Böhmen.«

»Schieren Böhmen? Was ist das?«

»Zigeuner heißen hier auch Böhmen oder Tatern. Die bekommen ihre Wohnplätze zugewiesen, und das sind immer die unbeliebten Bereiche an Dorfrändern, abgegrenzt, abgeschnitten wie mit der Schere. Wo die hinwollen, da sind auch die Klein Heidorner Rott-Tümpel, in die Flachs fürs Leinenmachen eingelegt wird. Du kennst das ja sicher, auch den üblen Gestank dabei. Tagsüber hättest du übrigens von der Sanddüne den Tartern-Pfahl sehen können, der den naheliegenden Lagerplatz für die Zigeuner anzeigt. Immerhin läßt man sie da in Ruhe.«

Dacke staunte einmal mehr über Annes Kenntnisse und freute sich, daß sie schon jetzt über etwas anderes als Flucht oder Tod reden konnte. Anne schien wirklich eine ungewöhnliche Frau zu sein, aber vielleicht würde sich ihr Kummer ja erst viel später entladen. Dacke dachte noch einmal über ihre Erläuterungen nach und bemerkte nach einigen tiefen Atemzügen etwas bedrückt: »Eigentlich bin ich nichts Besseres als diese Tatern, sehe bloß nicht so aus.«

Sie strich ihm langsam über die stoppeligen Wangen und sagte mit ungewöhnlich dunkler Stimme: »Dann bist du eben mein Zigeuner.«

Es war das erste Mal, daß sie ihn so berührt hatte. Dacke war beglückt: »Ich heiße ja eigentlich Dacke Dagdriver, weißt du. Das schwedische Dagdriver ist hierzulande sowas wie der Tagedieb, der Herumtreiber, der Nichtsnutz. Da hast du dir was Tolles ausgesucht, Liebste!«

»Ich hab' was Tolles – aber ausgesucht? Nein, ausgesucht hast du mich doch.«

Unterwegs, kurz vor Neustadt, fiel Anne ein, daß beide etwas Wichtiges vergessen hatten. Statt ihn am Steinhuder Pfarrhaus zu hinterlegen, besaß Dacke immer noch den Zettel, auf dem Anne das Unheil der letzten Tage notiert hatte. »Es ist sowieso egal, er beweist ja nichts«, knurrte Dacke.

»Aber es ist doch die Wahrheit, jemand muß sie doch wissen.«

Dacke küßte Anne ganz zart auf die vom Wolltuch fast verhüllte Wange. »Du bist die einzige Wahrheit, liebe Anne. Eine andere gibt es nicht.«

An der Leine bei Neustadt angelangt, ertauschten sich Anne und Dacke gegen Karren und Pferd die Mitnahme durch einen Flußschiffer. Es ging auf einem Kohlenkahn zügig die Leine hinunter in die Aller hinein und auf der Weser endlich nach Bremen, wo sie zwei Tage später den Hafen erreichten. Die »Neptun«, ein alter Dreimaster, der am übernächsten Tag zu den noch jungen Vereinigten Staaten auslaufen wollte, hatte noch Plätze für die Überfahrt.

Der Preis war aber nicht gering und beider Geld zusammen langte gerade mal für eine einzige Passage. Dacke gab die verlangte Summe dem Zahlmeister und sagte nur Annes Namen. Als sie protestieren wollte, legte er seine große Hand weich auf ihren Mund. Er flüsterte ihr zu, daß er schon eine Lösung für sich fände, ganz sicher. Und er komme wieder, für immer. Anne erhielt die Erlaubnis, sich schon an Bord der »Neptun« einzuquartieren. Dacke mußte wieder von Bord und lief ziellos im betriebsamen Hafen umher. Er hatte zugegebenermaßen überhaupt noch keine Vorstellung davon, wie er seine Auswanderung bewerkstelligen sollte. Er fühlte die goldene Kanone in der Tasche und lachte auf. Der alte Major wird Augen gemacht haben, als er wieder in seine Kaverne wollte, zum Wein und seinem Goldschätzchen. Schon erwog Dacke, die goldene Kanone noch in dieser Stadt zu Geld zu machen, scheute aber davor zurück. Er kannte niemanden in Bremen, schon gar keine vertrauenswürdige Person, die ihm ohne weiteres bares Geld für das Kanonengold gäbe. Außerdem würde so eine Kostbarkeit in den Händen eines einfachen Mannes wie ihm Verdächtigungen aller Art erwecken. Das kostbare Kleinod sollte eigentlich sein Anfangskapital in Amerika werden. Er ging zurück zu dem Kai, wo einige der Besatzungsmitglieder das Beladen des Rahseglers »Neptun« überwachten. Dacke fragte den Bootsmann, ob nicht noch eine Hand an Bord fehle, er werde auch jeglichen Dienst auf oder unter Deck übernehmen. Der Seemann brummte nur ein unwilliges »Neenee, geht nich. Wir sind komplett.« Er sei aber auch Koch gewesen und Soldat, ob denn da nicht Bedarf ...?«

Der unterdessen hinzugetretene Erste Steuermann fragte nach: »Koch? Auch Schiffskoch?«

»Ja, jaa, und ob! An und auf der Ostsee war ich. Koch auf der Karlskrona, einem Handelsschiff, das in Stralsund liegt!« log Dacke geistesgegenwärtig.

»Also Schiffskoch. Das paßt.« Der Erste Steuermann wandte sich an den Bootsmann: »Du weißt es vielleicht noch nicht. Eibo, unser Smutje, ist heute mittag in der ›Seejungfrau‹ erschlagen worden. Zack! Ne Pulle auf'n Kopp. Eibo, der alte Suppkopp, hat sich zum letzten Mal in einer Spelunke sein Hirn dicht gesoffen. Schade drum, kochen konnte der. Bisher haben wir noch keinen Ersatz für ihn, brauchen aber ab morgen früh dringend einen Koch.« Dann fixierte er Dacke fast eine halbe Minute lang und sagte schließlich: »Na, komm' mal mit hoch an Bord, der Käpt'n ist grad da. Woll'n wir mal kieken.«

Und so erlebte der verwunderte Küchenjunge der »Neptun« drei Tage später, wie der frischernannte Schiffskoch – von den Wellen des Antlantiks geschaukelt – in der Kombüse mit wechselfarbigem Gesicht kochend und kotzend tapfer seinen Dienst versah.

Mammwah lag auf seiner Pritsche und überlegte. Windt, der neue Kommandant des Wilhelmsteins, hatte ihn beim letzten Appell lange fixiert und dann geblafft: »Wenn ich erfahre, daß etwas dran ist, Kanonier Mammwah, daß Er sich in Gebäuden, die ihm nichts angehen, herumtreibt zur Unzeit, werde ich ihn arretieren lassen. Und zwar in Bükkeburg, nur damit Er es weiß!« Äußerlich unbewegt empfand Mammwah plötzlich so etwas wie Haß gegen seinen Vorgesetzten. Mammwah ärgerte sich sofort über dieses ihn peinigende, dieses blindmachende Gefühl. So etwas brauchte er ganz und gar nicht als inneren Antrieb, er brauchte seinen bewährten kühlen Verstand, gerade jetzt.

Er muß eben noch achtsamer sein! Die Zusammentreffen mit Ulla würde er keinesfalls aufgeben, so lange er auf dem Wilhelmstein ist. Allerdings – so reizend, unkompliziert und wechselseitig hingebungsvoll seine gefährliche Liebschaft mit Ulla auch sein mochte – so ganz begriff er sich selbst nicht.

Denn ihre Anziehung hatte für ihn so etwas wie einen gegenständlichen und zugleich gedanklich unergiebigen Kern. Er verstand nicht, wieso seine Leidenschaft und Sehnsucht letztlich immer wieder auf dies eine Attribut Ullas ausgerichtet war – blond! Ihr Haar war es, was ihn süchtig machte: lange, dicke Goldflechten, die in weichen Schwüngen ihr helles Gesicht umspielten. Sie waren das einzige Gold, das ihn fesselte; das einzige Gold, dessen Magie ihn in den Bann schlug. Ob er es nun streichelte, durch die Finger gleiten ließ oder bloß betrachtete – es erfüllte ihn mit Glück, überschattet von einer zarten Wolke tiefsten Schmerzes. Wie das? fragte er sich manchmal verstört, wie kann das sein? – Es gelang ihm aber nie, sich diese mächtige Wirkung zu erklären. Und darüber reden konnte und mochte er mit niemandem. Das Rätsel des Goldes – hier an Ulla hatte es ihn am Wickel gepackt. Das einzige Gold auf dieser Insel trägt Ulla zur Schau. Das einzige Gold auf dieser Insel?

Gold? – In Mammwah stellte sich bei dieser Frage ein anderes Bild ein, schon sehr alt, aber immer noch wie frisch gemalt: die Präsentation der sechs goldenen Kanonen, damals im Bückeburger Schloß. Graf Wilhelm, die Offiziere, er als bedienende Ordonnanz. Wer war damals dabeigewesen, der in der letzten Zeit auf der Insel geweilt hatte? Mammwah ging die ihm bekannten Gesichter durch. Nein, Rottmann war nicht unter ihnen gewesen – aber dieser häufig grinsende von Schroeder, der danach immer mal wieder zur Insel kam, der einst diesen Dacke mitgebracht hatte, der nun plötzlich verschwunden war.

Von plötzlich aufkommender Erregung gepackt fügte es sich in Mammwahs Denken zusammen: Gold und von Schroeder – das war es! Mammwah setzte sich auf. Von Gold war die Rede beim Streit Rottmanns mit von Schroeder gewesen. Mit Gold hatte letzterer in schäbigster Weise Ulla zu einer bloßen Handelsware machen wollen.

Noch einmal Gold steckte gewissermaßen im *clef d'or* zu Rottmanns »Schatzkammer«, der Kaverne, die bloß als spezielles Weinlager galt. Ganz wörtlich genommen, war dieser Schlüssel wohl tatsächlich der Schlüssel zum Gold des Majors gewesen. Welches Gold, das vermochte Mammwah nicht zu sagen. Goldstücke? Schmuck? Vielleicht sogar die goldenen Kanonen? – Er würde es wohl nie erfahren. Der Wassereinbruch in die Kaverne war offensichtlich von Menschen herbeigeführt worden, von jemandem, der etwas Wichtigeres als Weinflaschen gesucht hatte. Noch einmal zurück: Gold und von Schroeder? Ein Wiedererkennen und eine Erkenntnis traf Mammwah wie ein Schuß: von Schroeder – genau das war der Umriß seiner Gestalt gewesen, jene Silhouette an der Courtine in Rottmanns Todesnacht! Mammwah zwang sich zum ruhigen Überlegen. War von Schroeder die heimlich lauernde Gestalt gewesen, war er zugleich der Mörder Rottmanns. Ganz klar. Warum sonst sollte sich ein Oberst nachts allein und unangemeldet auf dem Wilhelmstein herumtreiben? Und von Schroeder war es doch auch gewesen, der diese merkwürdigen Truhen-Transporte kurz vor der Belagerung und zweimal danach mit Argusaugen geleitet hatte. Und da Mammwah immer tragen mußte, waren ihm die Gewichtsunterschiede aufgefallen und in Erinnerung geblieben. Beim ersten Abtransport war eine Truhe leichter geworden, bei den beiden letzten Transporten waren beide Behältnisse weniger gewichtig als davor gewesen. Es mußte also Major Rottmann oder Oberstleutnant von Schroeder während ihrer ersten Lagerung auf der Insel etwas aus einer der Truhen entnommen haben, denn nur sie hatten die Schlüssel dafür. Als dann sie Behältnisse beim zweitenmal zurückkamen, da waren beide leichter geworden und auch so geblieben. Also waren sie erst auf, dann außerhalb der Insel geöffnet, erleichtert worden.

Nach dem Abtransport mit dem eskortierten Bückeburger Rat war dann Schluß mit dem Hin und Her gewesen. Und was den Inhalt der zwei Truhen anging – keiner seiner Kameraden wußte etwas Genaues. Nur Budick hatte ja beim ersten Mal etwas von einem Staatsschatz gemurmelt. Und wenn der Offizier von Schroeder anfangs offiziell dabei gewesen war, dann mußte es sich tatsächlich um ein besonders kostbares Gut gehandelt haben, folgerte Mammwah. Aber Moment, das ist ja noch genauer zu fassen – beim dreimaligen Hin und Her war immer von Schroeder zugegen gewesen, hatte immer der Fähnrich gefehlt und der Major sehr unruhig gewirkt. Der war sein Mitwisser gewesen und hatte etwas Kostbares, Goldenes vemutlich in seiner Kaverne verschlossen gehalten, was von Schroeder haben wollte. So wütend Mammwah auch auf Windt war

– von Schroeder war's! Dieser grinsende Karrierist hatte Rottmann aus dem Weg geräumt, der – so zeigen es die drei merkwürdigen Truhentransporte und die anderen Umstände! – sein Komplize gewesen sein muß. Der Oberst war also ein Verbrecher, ein Mörder.

Aber was sollte er nun anfangen mit seinem furchbaren Wissen? Auslachen würde ihn Fähnrich Windt – wenn es sehr gut ginge! Doch, nein, sicherlich wird man ihn drakonisch bestrafen, wenn er auf seinen Beobachtungen und Schlußfolgerungen beharrt. Einen hohen Offizier eines Verbrechens beschuldigen? Und das als Kanonier, als unterster Dienstgrad in der militärischen Ordnung?

Er hätte mehr als ein Refugium auf dieser winzigen Insel verloren, dieses verschlafene, ihm genehme Eiland wäre futsch, dahin, perdu. Wahrscheinlich erwartete ihn dann das öde, triste Gefängnis in Bückeburg mit Karrenschieben in Ketten. Nein, solange er in dieser Grafschaft Dienst tut, müssen seine Lippen verschlossen sein, gegenüber jedem und jeder, auch gegenüber Ulla. Er hätte ihr gern seine Kombinationen mitgeteilt, war sich aber nicht sicher, ob sie diese nachvollziehen könnte. Noch schwerer wog aber, daß er sie mit seinem offenbarten Wissen gefährden würde. Sollte sie doch mal nicht den Mund halten oder er in die Schußlinie der Offiziere gelangen, würde man ihr übel mitspielen. Seine gewonnene Klarheit über von Schroeder, diesen Mörder, Dieb und Betrüger, machte ihn ein wenig stolz, aber auch drückend hilflos, da er sich ohne jedes Mittel gegen diesen hochrangigen Schurken wußte.

Sechs kleine goldene Kanonen, von deren zeitweiligem Inselaufenthalt Windt so gar nichts wußte, waren der Teil des gräflichen Schatzes gewesen, der in Sicherheit gebracht worden war. Beim Einmarsch der hessischen Regimenter waren diese Kostbarkeiten unter dem Kommando

Oberstleutnants von Schroeder noch eiligst nach Hagenburg und von dort mit einem der Kanonenboote auf den Wilhelmstein geschafft worden. Zunächst wurden sie, verborgen in zwei verschlossenen Truhen – die Schlüssel verwahrte der Oberstleutnant –, in einer leeren Zelle der Kasematte deponiert, der Raum mit einem handtellergroßem Schloß gesichert.

Ein ebenso diskretes wie folgenreiches Geschäft Rottmanns mit von Schroeder kam umittelbar nach dem Abzug der Hessen zustande, noch bevor im Sommer die ehemaligen Angreifer als Ehrengäste auf den Wilhelmstein geladen wurden. Rottmann schwor noch im April unter strengster Vertraulichkeit und für gute Beute, zum Komplizen seines damaligen Vorgesetzten zu werden. Dem Major saßen wachsende pekuniäre Probleme im Nacken, die er nur mühsam mit Schuldenmachen und Pfandleihgeschäften bewältigen konnte. Vorangegangen war ihnen 1785 ein scharfer Verweis des Grafen Philipp Ernst gegen ihn, den Kommandanten, weil er die Gebäude des Wilhelmsteins habe verfallen lassen. Dem Major wurde sogar mit Entsetzung von seinem Posten gedroht, weil er zudem einer gewissen Laxheit, ja staatsabträglichen Gesinnung verdächtigt wurde. Rottmann war seitdem nicht mehr der alte. Er trank noch mehr als früher, nun auch um sich zu betäuben, weil er irgendwelche Sanktionen aus Bückeburg fürchtete. Die hessische Okkupation fast zwei Jahre später kam ihm da gerade recht, weil sie ihn einerseits dem unmittelbaren Druck der Hofräte entzog und er andererseits bei einer hessischen Eroberung völlig seine Ruhe vor diesen »Bückeburger Schranzen und Lakaien«, wie er sie nannte, haben würde.

Am 23. Februar 1787 hatte Oberstleutnant von Schroeder, noch in Diensten Schaumburg-Lippes befindlich, persönlich die Standhaftigkeit seines Untergebenen Major

Rottmann gelobt, aber ihm gegenüber zugleich deutlich gemacht, daß es – Eid hin, Eid her – besser sei, letztlich der hessischen Gewalt zu weichen und den Wilhelmstein zu übergeben. Diese überraschenden Bemerkungen seines Vorgesetzten hatten Rottmann für ihn eingenommen. Nach dieser Besprechung verlangte der Oberstleutnant den Schlüssel für den Lagerraum mit den beiden Truhen. Dann ging er mit einer leeren großen Tasche hinunter in die betreffende Zelle und kam mit einer gut gefüllten Tasche wieder nach oben. Er habe den Auftrag, ein Stück aus dem Eigentum des gräflichen Hauses zu veräußern, um einstweilen die Versorgung des Wilhelmsteins zu sichern, behauptete er gegenüber dem Inselkommandanten.

Wenn auch der Wilhelmstein fiele, gäbe es für ihn, den Oberstleutnant, keine persönlichen Probleme mehr, dachte von Schroeder. Alles, was auf und in dem Wilhelmstein ist, so sein Kalkül, fiele dann in die Hand der landgräflichen Truppe, auch die fünf echten Kanonen, das Gold der sechsten besaß er ja bereits. Die hessischen Okkupanten hätten alle Schätze gewonnen, ob eine goldene Kanone fehlte und weswegen, das hätten sie kaum eruieren können. Nun war aber die hessische Vereinnahmung mißlungen, Schaumburg-Lippe wieder selbständig. Von Schroeder, nun von Bückeburg zum Oberst ernannt, dachte lange nach und setzte jetzt alles auf eine Karte. Er wollte alle oder mindestens vier der goldenen Rohre für sich haben und benutzte dafür seine vorzüglichen Beziehungen.

Oberst von Schroeder hatte in Göttingen bei Meister Donatus Fabritius genaueste Kopien in Auftrag gegeben. Der Kontakt war über den berühmten Professor Soemmerring hergestellt worden, dem freilich die volle Wahrheit verhehlt wurde. Als Muster händigte der Obrist dem Goldschmied Fabritius, unter der Hand profiliert als exzellenter Fälscher von Orden, Siegeln und Schlüsseln aller Art, sein Exemplar aus. Er versprach ihm das gleiche als Lohn, wenn er die reingoldenen Rohre durch sechs perfekte Imitate ersetzen würde.

Die Kanonenrohre wurden nun in Göttingen sechsfach gefälscht. Die Neufertigung und Vergoldung der Rohre ging zügig vonstatten, weil der Goldschmied und Metallurg Fabritius feine und feinste Dingen herzustellen oder nachzuahmen verstand. Daß dieser Fachmann und Fälscher allerdings nur jeweils ein paar Lagen dünnes Blattgold auf ein dickes Bronzerohr gebracht hatte und kein dünnes Goldrohr wie verabredet, fiel von Schroeder nicht auf. Nachdem alle schlanken Kanonenrohre täuschend ähnlich angefertigt worden waren, wurden dem Goldschmied die sechs Originale gebracht. Donatus Fabritius montierte die alten Rohre ab und die neuen sorgfältig auf die sonst vollständigen Ebenholz-Lafetten mit ihren Silberbeschlägen und den gräflichen Wappen. Sein Auftraggeber konnte keinen Unterschied mehr zu den Originalen sehen, er war hochzufrieden.

Seinerseits unwissentlich betrogen, expedierte von Schroeder die sechs billigen Nachschöpfungen zurück auf den Wilhelmstein samt eines Originalrohrs für Rottmann. Von dort aus wurden die sechs Fälschungen vier Wochen später an den Hof nach Bückeburg transportiert, wo sie gleich in der Glasvitrine eines Kabinetts im Schloß ausgestellt wurden.

Die Fürstin hatte weder Zeit noch Interesse gehabt, die kriegerischen Kostbarkeiten einer genauen oder gar prüfenden Betrachtung zu unterziehen. Vier echte goldene Geschütze behielt von Schroeder, eins ging als Entlohnung an den Göttinger Schmied. Die sechste echte Goldkanone bekam Major Rottmann, der sie seit dem Sommer 1787 in seiner Kaverne versteckt hielt, um sich für sie als Sicherheit entweder vom nun hessischen Obristen Geld zu leihen oder das Schmuckstück selbst irgendwann in Reichstaler umzuwandeln.

Rottmann, der alte Schuft, hatte das Kanonengold gar nicht mit sich geführt, als ich ihn abends vor dem Offiziersspeisezimmer traf. Bloß warum nicht? Der wußte doch: Ohne Kanonenrohr kein weiteres Geld! Sehr ärgerlich das Ganze und noch seltsamer. Irgendetwas muß direkt vor unserem Treffen schiefgelaufen sein. Hätte ich ihn noch befragt, bevor ich ihn ins Jenseits befördert habe, wäre ich vielleicht im Besitz der fünften goldenen Röhre. Die scheint spurlos verschwunden zu sein, dazu hat es in Rottmanns Kaverne post mortem einen Wassereinbruch gegeben. Das kann doch kein Zufall sein. Habe ich diesen Windt unterschätzt? Hat der sich Rottmanns Gold unter den Nagel gerissen und dann allen Spekulationen über den Kaverneninhalt durch Überflutung das Wasser abgegraben? Auch das ist unnütze Spekulation – soll dieses Stück doch Windts Beute sein! Wenn der das goldene Stück nicht mit einem Bericht nach Bückeburg schickt, ist die Sache für mich ausgestanden. Falls man mir wider Erwarten doch auf die Fährte kommt, kann ich mich in Bückeburg nicht mehr blikken lassen. Auch aus dem Hessischen müßte ich dann fort, am besten gleich in diese neue amerikanische Siedlerrepublik, da kennt man mich noch nicht. An Mitteln dazu mangelt es mir nicht und ein tüchtiger, erprobter Offizier wird immer und überall gebraucht, sogar von ruchlosen Aufrührern. Falls es aber in den nächsten Wochen ruhig bleibt und Windt mal abwesend ist, will ich noch einmal versuchen, mir das fünfte Stück Gold zu sichern.

An einem ruhigen Sommernachmittag des Todesjahres von Major Rottmann kam Oberst von Schroeder, gerudert von zwei mürrischen Hagenburgern, zum Wilhelmstein. Die unter dem Wasser hängenden Sperrketten um die Festung waren seit zwei Jahren nicht mehr nachgezogen worden. Es war nun leicht, mit einem kleinen, flachen Boot unverzüglich an das Hauptwerk der Festung zu gelangen und dort festzumachen. Leutnant Windt hatte den Wilhelmstein für eine Woche verlassen und Sergeant Cauhlenfeld mit acht Mann Bewachung zurückgelassen. Da es nichts Besonderes zu tun gab und bloß sechs Gefangene in den beiden Kasematten-Zellen untergebracht waren, schien das dem neuen Kommandanten eine hinreichende Besatzung zu sein. Allerdings wußten weder der Leutnant noch die acht Kanoniere, daß der Sergeant diskret den hessischen Obristen von der längeren Vakanz des Kommandanten unterrichtet hatte.

Oberst Schroeder konnte weder dem Hofklatsch noch alten Verbindungen zum Bückeburger Regierungsapparat entnehmen, daß es irgendwelche Irritationen um eine oder mehrerere goldene Kanönchen gegeben hätte. Seine Lage war exzellent, dachte er: Dieser blinde Schwätzer Garbe ist auf ewig abgetan, sein Meuchler Runge ohne Spur verschwunden. Der wird sich hüten, Laut zu geben, so lange er noch lebt! Die Bahn ist ergo frei, mir auch den letzten Schatz zu holen.

Über Sergeant Cauhlenfeld, der nach der hessischen Belagerung gegen ein saftiges Entgelt sein heimlicher Kontaktmann und persönlicher Spion geworden war, hatte er vom traurigen Nachlaß Rottmanns erfahren. Auch dort war kein Hinweis zur noch fehlenden Kanone aufgetaucht. Natürlich hatte Oberst von Schroeder seinem Handlanger Cauhlenfeld keinen Deut von dem *coup* mit den Kanonen erzählt. Windt schien sowieso keinen blassen Schimmer von eventuellen Kostbarkeiten in diesen Gemäuern zu haben, Rottmann war da so dicht wie eine Teerjacke gewesen. Von Schroeder folgerte daraus, daß das goldene Rohr doch noch auf dem Wilhelmstein verborgen sein mußte. Rottmann wird es in der Kaverne gelassen oder anderweitig versteckt haben, bevor er ins Jenseits befördert worden war. Es galt, sich persönlich in Abwesenheit des Leutnants ein Bild zu machen und besonders die ihm bekannte Kaverne mal genauer unter die Lupe nehmen. Als ihn der einzige Wachposten zu Sergeant Cauhlenfeld geleitet hatte, erfuhr er von diesem – der ebenfalls ahnungslos schien –, daß die Kaverne nach einem Wassereinbruch schleunigst zugemauert worden sei. Er, Cauhlenfeld, sei die ganze Zeit dabei gewesen, man habe nichts mehr aus dem überfluteten Raum heraufgeholt. Das mußte es sein, das Goldstück lag noch da drin, wartete im Seewasser auf ihn – Oberst von Schroeder war sich ganz sicher.

»Mensch, Cauhlenfeld, wir müssen die Mauer aufbrechen. Holen Sie vier Ihrer Leute her, es wird ihr Schaden nicht sein.«

Die vier Kanoniere Mammwah, Münzer, Schwan und Silleke hatten sich nach der Anweisung des Sergeanten mit Spitzhacken und Brechstangen durch die zwei Steine dikke Wand hindurchgearbeitet. Durch die faßgroße Öffnung ergoß sich ein plätschernder Wasserschwall auf die Stufen, stieg zügig bis zur obersten Stufe und kam dann zur Ruhe. Oberst von Schroeder hob mit der linken Hand eine der drei Laternen hoch und leuchtete den Durchbruch aus. Mammwah hielt schwer atmend die lange Brechstange in der Hand, als der Oberst ihn grienend fixierte.

»Los, tauch' Er da hinein und hole Er mir alles heraus, was Er da im Wasser findet.«

Mammwah rührte sich nicht.

»Ja, Sapperment, hat Er nicht gehört? Rein da, Kerl!«

»Ihr habt mir keine Befehle zu geben. Ihr seid ein hessischer Oberst.«

»Kanaille, tauch' Er jetzt oder ich lasse Ihn die Fuchtel schmecken!«

»Ich nehme von Euch keine Befehle entgegen.«

Keiner von der Besatzung des Wilhelmsteins rührte sich. Sie waren wie gelähmt von dem Ungeheuerlichen, was sich da gerade ereignete, denn Mammwah fuhr ungerührt fort:

»Ihr seid nicht bloß ein Schuft, Oberst, sondern auch ein gemeiner Räuber. Ihr wollt Euch gräfliches Eigentum unter den Nagel reißen. Ihr wißt genau, welchen Teil des Schatzes der Major hier unten verborgen hielt. Und keiner als Ihr selbst, hoher Herr, habt ihn meuchlings auf dem Gewissen!«

Cauhlenfeld und die anderen Soldaten sahen sich verdutzt an. Was ging hier vor? Konnte ausgerechnet der dunkelste Inselbewohner Licht in die merkwürdigen Umstände des Todes von Major Rottmann bringen? Lässig zog Oberst von Schroeder seinen Säbel, um mit der flachen Seite den Widerspenstigen in die wasserbedeckte Vertiefung zu treiben. Gleichzeitig und ansatzlos riß Mammwah die Brechstange hoch, schlug mit einem Schwung den Säbel zur Seite. Dabei wurde das Werkzeug schräg nach oben abgelenkt und traf mit verminderter Wucht die Schläfe des Obristen. Der taumelte zur Seite, sackte zu Boden, ließ Waffe und Laterne fallen, wobei deren Flamme erlosch. Mammwah, den die vier anderen wie gebannt anglotzten, holte erneut gegen den nun Liegenden aus, besann sich dann aber. Er nahm schnell den Säbel auf und richtete dessen blinkende Spitze auf die Kehle des Sergeanten.

»Ihr Seitengewehr und die Pistole, los!«

Mammwah sprach ruhig und klar. Der völlig überrumpelte Sergeant zögerte. Mammwah ließ die Brechstange los, während sie scheppernd aufprallte, streckte er seine linke Hand aus.

»Ich warte nur noch einen Wimpernschlag, Herr Sergeant.«

Eilig übergab der zeitweilige Kommandant des Wilhelmsteins seine Waffen. Mammwah nahm sie an sich, schob das Seitengewehr in seinen Gürtel, hielt aber die Steinschloßpistole im Anschlag und den Säbel stoßbereit. Von seinen drei Stubenkameraden hatte er nichts zu befürchten, sie waren genau so wie er unbewaffnet zum Mauereinreißen gekommen.

»Und nun den Türschlüssel!«

Ohne Verzögerung rückte ihn der Sergeant heraus. Rückwärts, immer die fünf Verbleibenden im Auge behaltend, verließ Mammwah dieses abgeteilte Kasemattengewölbe. Er machte die Gittertür zu und verschloß sie. Oben ging er lautlos an dem einzigen dösenden Soldaten in der Wachstube vorbei und gelangte ins Freie. Mit vorgehaltenen Waffen wies er die beiden Hagenburger an, ihn mit ihrem Boot nach Mardorf zu bringen; ihnen selbst würde dann nichts weiter geschehen. Er wollte von dort aus auf Schleichwegen in die Stadt Hannover gelangen und hoffte, bei Graf Wilhelms Lieblingsschüler Scharnhorst Gehör zu finden. Daß sich ein hessischer Oberst derart auf der Inselfestung aufspielen konnte, hatte Mammwah sehr irritiert. Der Wilhelmstein war also kein abgeschiedenes Eiland mehr, diese Heimstatt war ihm genommen. Aber die hannoversche Artillerie würde einen wie ihn mit Kußhand nehmen. Schlimm war bloß die endgültige Trennung von Ulla. Ihr wird er nachweinen.

Nach einigen Minuten war Oberst von Schroeder wieder zu sich gekommen. Es hatte aber halbstündiges Brüllen gebraucht, bis der Wachsoldat endlich heruntergekommen war, den Zweitschlüssel gefunden hatte und die vier Eingesperrten nach oben konnten. Das Boot, mit dem der hessische Oberst herübergekommen war, fand sich nicht mehr. Der durch die Ereignisse aufgewühlte Sergeant Cauhlenfeld ordnete an, daß Schwan und Silleke den immer noch benommenen Offizier sofort nach Hagenburg zu dessen Kutsche schaffen sollen. Er würde mit Münzer und zwei anderen Soldaten die Kaverne wieder zumauern, mit Pech bestreichen und das eingedrungene Wasser ausschöpfen. Leutnant Windt dürfe vom Vorgefallen nichts erfahren, gar nichts, daß müßten die Augenzeugen geloben. Heute abend, wenn alle Spuren des Tumultes getilgt sind, werde er dann an jeden von der Mannschaft eine große Sonderration Branntwein austeilen. Der Kanonier Mammwah sei einfach verschwunden, ersoffen oder desertiert, werde er Windt melden. Im letzteren Fall müsse er Komplizen vom Festland gehabt haben, vermutlich diesen Dakke, denn ein Wilhelmsteiner Boot fehle ja nicht. – Ob das alles klar sei? Er wolle nichts anderes von seinen Soldaten hören. »Und kein Sterbenswörtchen über Oberst von Schroeder! Wehe demjenigen, der Leutnant Windt etwas von den Vorfällen berichtet!«

Damals, drei Tage nach Rottmanns Tod, war der aufgebahrte Körper Andreas Garbes zwischen heruntergebrannten Kerzen von Nachbarn gefunden worden. Sie erschraken nicht bloß darüber, sondern auch über ein herumliegendes Seil bei dem lange ausgebrannten Feuer und über das viele eingetrocknete Blut auf dem Boden des Schweinestalls und der Küche. Die Obrigkeit und der Pfarrer wurden verständigt, aber – da nichts auf einen militärischen *casus* deutete – nicht der Kommandant des Wilhelmsteins. Dafür meldete man ihm, daß ein Fischer die Leiche eines Sträflings in Jägeruniform am Winzlaer Ufer gefunden habe. Immer noch mit der Kommandoübernahme und Sichtung aller einschlägigen Schriftstücke beschäftigt, erfuhr Leutnant Windt erst eine Woche später vom seltsamen Tod des Andreas Garbe. Und als der Leutnant dann endlich nach Steinhude kam, um diesen blinden Fischer zu befragen, war der bereits tot und begraben. Es gab weder Zeugen für Garbes Anwesenheit in Steinhude zur fraglichen Nacht, noch Zeugen, die ihn auf dem Wilhelmstein ausgemacht hätten.

Der Leutnant wurde noch eimal wütend darüber, daß dieser verfluchte Dacke nicht weiter verfolgt worden war, der wahrscheinlich mit dem blinden Fischer und dessen Tochter irgendwie unter einer Decke gesteckt hatte. Dakke und diese Anne waren auf und davon, angeblich hatte keiner deren Aufbruch bemerkt. Aber Bückeburg war das ja alles egal, Bückeburg hatte ihm ja kategorisch alle Nachforschungen – besonders solche außerhalb der Festungsinseln – untersagt.

Aus dem Bückeburger Schloß hatte es auch nach einer Woche keinerlei Reaktion auf Fähnrich Windts Kurzbericht über das Hinscheiden des Kommandanten gegeben. Er fühlte sich durch dieses ungewöhnliche Schweigen wie unter Beobachtung, als ob sich in der Residenz etwas Unheilvolles gegen ihn aufbaute. Erst als er in einem weiteren Schreiben vorsichtig erwog, daß der plötzliche Tod des Majors kein Unfall gewesen sein könnte, er andeutete, daß sich Motive fänden, den Kommandanten zu meucheln, und er schon dabei sei, mögliche Täter genauer unter die Lupe zu nehmen, erging an ihn der ausdrückliche Befehl, alle Tätigkeiten in dieser Richtung sofort einzustellen. Statt dessen solle er schon mal einen Vermessungstrupp zusammenstellen und ausrüsten, mit dem er sich demnächst nach Hagenburg zu verfügen habe. Einzelheiten würden noch folgen. Wie vor den Kopf geschlagen, trank er aus tiefer Enttäuschung so viel Schokolade, daß er sich übergeben mußte, kam aber der Anweisung von oben nach. Johann Abraham Windt erfuhr also von den wahren Ereignissen nichts, weder als Fähnrich, noch als Leutnant. Er kannte künftig allein die Version, die ihm der Hofrat eindringlich mitteilte.

Leutnant Windt war wegen dieser Affären nach Bückeburg befohlen worden und mußte dort auf die offizielle Darstellung und Haltung der Regierung eingeschworen werden. Nach absolutem Schweigegelöbnis hatte ihm der Hofrat Gründe und Hintergründe eröffnet.

Graf Philipp Ernst habe selbst noch vor der Belagerung von 1787 alle goldenen Kanonen versetzt und durch Kopien ersetzen lassen. Die auf dem Wilhelmstein in Sicherheit gebrachten sechs Miniaturen seien also bereits billigere Nachahmungen gewesen. Leutnant Windt mußte an sich halten, denn von echten oder unechten Kanönchen hatte er nicht einmal etwas geahnt. Der Hofrat hatte die unterdrückte Erregung des Leutnants lächelnd bemerkt, fuhr aber ungerührt fort: »So also hat es sein schlichtes Bewenden damit, daß die Herrschaften in Bückeburg ihr persönliches Eigentum nach Bedarf und gutem Recht zu gegebenem Zeitpunkt veräußert haben. Punktum!«

So war es jedenfalls nach dem Tod Philipp Ernsts auch seiner Nachfolgerin Fürstin Juliane mitgeteilt worden. Das war schon peinlich genug gewesen, aber die Landesherrin hatte damals wegen des hessischen Einfalls andere Sorgen. Als sich die Turbulenzen im Sommer 1787 gelegt hatten, nahm sie den Besitz von geringerwertigen vergoldeten Kanonen einfach so hin. Ihr männlicher Vorgänger hatte sich sowieso in vielerlei Hinsicht als wenig günstig für Schaumburg-Lippe erwiesen, die Kleinigkeit mit den verkauften Kanonen paßte da genau in ihr Gesamtbild.

Das, was sich vor und nach Rottmanns Tod auf dem Wilhelmstein abgespielt hatte, zu eruieren und an die Öffentlichkeit zu bringen, wäre weit folgenreicher gewesen und hätte alte Wunden, etwa die hinsichtlich Hessens-Kassels und des ehemaligen Regimentskommandeurs von Schroeder, aufgerissen und Schaumburg-Lippe in unerträglicher Weise vor aller Welt blamiert. – So war es Leutnant Windt bei einem Schälchen Schokolade unter vier Augen anvertraut worden.

Nachdem dieser Vertraute der Regentin seine zweite Schokolade getrunken hatte und schon zum Gehen aufgestanden war, wandte er sich noch einmal an den Leutnant: »Was Ihre vielfältigen Verdienste um den Wilhelmstein angeht, so weiß man durchaus am Hofe darum. Ihr ehemaliger Kamerad, der ausgezeichnete Scharnhorst, hat uns aus Hannover in einem Schreiben Ihren vorbildlichen Einsatz übermittelt. Trotzdem werden wir weiterhin dem zu Tode gekommenen Rottmann die Ehre des Helden von 1787 nicht nehmen. Sie, Herr Leutnant, werden der Grafschaft in anderer Weise nützlich sein als der eines Helden. Ohne alle Verbindlichkeit kann ich Ihnen gute Hoffnung auf weitere Avancements machen. Sie haben das Zeug zu mehr als einem Hauptmann, das meint keine Geringere als unsere hochverehrte durchlauchtige Fürstin.«

Nicht gänzlich unzufrieden ob seines Aufenthalts in Bückeburg gelangte Leutnant Windt zurück auf den Wilhelmstein. Was ein überaus korrekt auftretender Sergeant Cauhlenfeld ihm in dürren Worten meldete, ließ aber noch einmal alle Wut in ihm aufkochen. Einen Moment lang ließ er sich gegenüber seinem Sergeanten gehen: »Dieser verdammte Mammwah ist nun auch verschwunden, noch so ein verfluchter Deserteur. Es ist genauso, wie ich es mir gedacht habe: Er steckte mit diesem Dacke unter einer Decke! Aber Bückeburg will von alledem nichts wissen. Ich weiß es, Sergeant, ich weiß es!«.

Für Leutnant Windt hatte sich die Spur des zweifachen Deserteurs und mutmaßlichen Mörders Dacke Dagdriver und seines Liebchens völlig verloren. Auch hatte niemand diesem Mammwah nachgesetzt, der nun auch Gott weiß wo war. Seine Vorgesetzten schienen an einer Verfolgung eben keinerlei Interesse zu haben.

Windt hatte verstanden. Die Turbulenzen hier existierten für den Bückeburger Hof einfach nicht, sollten nicht existieren. Seine Ermittlungen waren ausgegangen wie das sogenannte Hornberger Schießen: kein Resultat! Und der Wilhelmstein rückte gewissermaßen noch weiter an den Rand Schaumburg-Lippes. Seine militärische Bedeutung sank anscheinend in dem Maße, wie die als Gefängnisinsel und Sehenswürdigkeit wuchs. Man hatte ihm von höherer Stelle nochmals schriftlich versichert, daß besonders sein Vermessen und Kartographieren sehr geschätzt würden. Es werde demnächst eine Anweisung ergehen, welchen Plan er zuerst geodätisch angehen solle. Die Order erging, und Windt, der ja auch Beeidigter war, machte sich daran, einen »Plan vom Hohenholze, allwo die Stadt Wunstorf und das Dorf Kleinen Heidorn die gemeinschaftlichen Hude-Rechte besitzen«, in Angriff zu nehmen. Es blieb in seinem Leben der einzige Angriff.

Nun bin ich also Leutnant und Kommandant des Wilhelmsteins. Rottmann ist tot. Was eigentlich passiert ist, weiß ich nicht, darf ich nicht wissen. Der alte Knabe ist – so heißt es nun offiziell – im letzten kalten, stürmischen Januar ins Wasser gefallen und ersoffen. Er wollte – ganz inoffiziell – noch eine Bouteille aus dem Offiziers-Speisezimmer in die Sternschanze holen. Nach der Wilhelmstein-Verteidigung von 1787 habe ich ihn nicht mehr nüchtern gesehen. Was soll's, der Major konnte eben nie genug bekommen. Doch fehlt mir der alte Besserwisser und Trunkenbold manchmal. Er war nicht übel, bloß zu weich, zu vorsichtig, zu oft betrunken und wurde dann viel zu ausfallend. Der Wilhelmstein ist immer noch unbezwungen. Nur hat er heutzutage kaum Soldaten, keine Kadettenausbildung mehr. Es kommen immer mehr Besucher, die alles anglotzen und blöde Geschichten hören möchten. Die Fürstin aber vernachlässigt uns. Ich lebe hier wie in einem Denkmal. Das kann Graf Wilhelm nicht gewollt haben! Mit den Besuchen auf der Insel nimmt die künftige Geschichte des Wilhelmsteins schleichend einen unheilvollen Verlauf. Und dennoch dieses ewige Exerzieren mit ein paar Leuten. Immer noch muß ich sie exerzieren lassen. Immer noch diese Lade- und Feuerkommandos. Wozu? Und nie, nie einen ernsthaften Schuß abgefeuert. Wofür das alles? Nur diesen einen Schuß vor den Bug, als dieser Trottel von hessischem Kundschafter zu nahe an uns herankam. Bumm. Hat der dumm geglotzt, war der schnell weg, ha! – aber das wars auch schon. Und das Victoria-Schießen, zweimal, als die Hessen ab-, her- und wieder wegzogen. Bumm. Bumm, Bumm – lächerlich! Vielleicht muß ich für meine Obrigkeit doch noch mal einen Täter präsentieren, um mich aus der Schußlinie zu bringen und als besonders tüchtig zu gelten. Schließlich will ich ein echter Kommandant des Wilhelmsteins werden und von dort aus – ich bin schließlich noch jung – meine Militärlaufbahn forcieren. Hatte der großartige Scharnhorst nicht auch vom Wilhelmstein seine Karriere begonnen? Gut, er war bereits lange vor mir Leutnant geworden und ist auf dem Sprung zum Hauptmann, in Hannover kommt man eben leichter voran. Ich muß mich ins rechte Licht setzten, einen lupenreinen Mörder präsentieren, einen Täter, der auch für den dumpfesten Bückeburger Hofbeamten derart massive Gründe gehabt hat, Rottmann umzubringen, daß nicht die geringsten Zweifel am Ergebnis meiner lückenlosen Untersuchung bleiben. Aber man hat mich ja zum Landvermesser gemacht, hat mich auf den Plänezeichner, den Kartographen reduziert, mich, den unerschütterlichen, den wahren Verteidiger des Wilhelmsteins, ohne den die Hessen damals böse Fakten geschaffen hätten, wenn es nach dem Wilhelm, nein, dem Willen Rottmanns gegangen wäre und seines dubiosen Hintermannes von Schroeder. So groß die Fortschritte im Vermessungswesen unter Graf Wilhelm auch gewesen sein mögen, sein genialstes Werk, sein Manifest, sein wahres und wirkliches Denkmal ist der Wilhelmstein. Ich hätte ihn bis zum letzten Tropfen Bluts verteidigt, wenn die landgräflichen Truppen angerückt wären. Aber diese Festung war zu genial angelegt, dazu der Wille der Fürstin Juliane und der meinige – da mußten die Hoffnungen der Okkupanten einfach an unseren Mauern zerschellen. So allein wie jetzt komm ich mir manchmal selbst vor wie der derzeitige Wilhelmstein: einsam, unnütz, lächerlich – und doch eine harte Nuß. Vertrackt: diese Festung ist unangreifbar, deswegen greift sie auch niemand an, deswegen passierte hier auch nichts mehr und wird nie wieder etwas passieren. Genau wie die Belagerung von 1787 hat sich die Ergründung von Rottmanns Tod für mich wie in einem fast lautlosen Knall aufgelöst. Ach, einen lautlosen Knall wünsch' ich so manchem!

Nachwort

Eine wissenschaftliche und vollständige Geschichte des Wilhelmsteins ist bis heute nicht erschienen. Erhältlich sind einige populärwissenschaftliche, journalistische und überblicksartige Veröffentlichungen, aber es liegen nur sehr wenige wissenschaftlich solide Texte vor. Dementsprechend gibt es keine auch nur annähernd vollständige Darstellung der hier interessierenden Zeit zwischen 1787 und 1790. Unstrittiger Kern der die Grafschaft Schaumburg-Lippe und ihre Festung Wilhelmstein betreffenden militärisch-politischen Ereignisse ist etwa dieser:

Am 13. Februar 1787 stirbt der Nachfolger Graf Wilhelms, Philipp Ernst; die Fürstin Juliane übernimmt die Regentschaft in Schaumburg-Lippe. Vier Tage später wird die Grafschaft von starken Truppen des Landgrafen Wilhelm IX. von Hessen-Kassel überfallen, weil er dieses Gebiet als sein Lehen beansprucht. Von Rinteln aus gelingt der hochüberlegenen hessischen Armee in kürzester Zeit die unblutige Besetzung Schaumburg-Lippes. Nur der Wilhelmstein, gehalten von einer kleinen Besatzung, kann beim besten Willen nicht eingenommen werden. Er liegt außerhalb der Reichweite damaliger Kanonen, und es gibt keinerlei aussichtsreiche Möglichkeiten zur Invasion über das Steinhuder Meer. Dazu kommt, daß die Besatzung nicht ausgehungert werden kann, da sie vom nördlichen Ufer – es gehörte zum damaligen Kurfürstentum Hannover – per Schiff verproviantiert wird. Solange die letzte Festung – ganz egal wie klein sie ist – nicht gefallen ist, gilt ein Land als noch nicht erobert oder faktisch annektiert. Insofern besitzt der Wilhelmstein eine wichtige strategische Funktion für den Erhalt des Landes als selbständige Grafschaft.

Nach einer kaiserlichen Entscheidung, dazu der Drohung Preußens und Hannovers, eine hessische Annektion schwerlich zu dulden, geben die Besatzer schließlich auf und ziehen sich am 18. April 1787 vollständig aus Schaumburg-Lippe zurück. Der Wilhelmstein wird nun zwar als unbezwingbare Festung gefeiert, verliert aber dennoch zunehmend an militärischer Bedeutung und personeller Ausstattung. Im Winter 1790 wird die Leiche Major Rottmanns, des Wilhelmstein-Kommandanten, aus dem Steinhuder Meer gezogen; sein Nachfolger wird der nun vom Fähnrich zum Leutnant beförderte Windt.

Alle geschichtlichen Rahmenfakten in »Mord auf dem Wilhelmstein«, die Angaben zur Baugeschichte, zur Bewaffnung, zu den meisten Adeligen, Offizieren, Soldaten, Waffengattungen etc. folgen den Angaben der bisher erschienenen Literatur zu Schaumburg-Lippe. Ebenso gehören genannte typische Krankheitsbilder, Strafen, Gefängnissituationen, gängige Nahrungs- und Genußmittel inklusive der um sie entfachten erbitterten Kontroversen der Kultur des 18. Jahrhunderts an. Vieles von der damaligen Situation ist an der heutigen Insel Wilhelmstein noch sichtlich nachvollziehbar. So sind, außer der Sternschanze und dem darauf befindlichen Schlößchen, einige Waffen, Gerätschaften und Kasematten ebenso erhalten wie z. B. die über zweihundert Jahre alte Nachbildung einer kleinen goldenen Kanone.

Besonders an vier Stellen läßt die schriftliche Überlieferung der Ereignisse bis 1790 interessante Lücken, bleibt sie kontrovers oder fragwürdig:

1. War Major Rottmann der damals so apostrophierte »Held vom Wilhelmstein« oder doch bloß ein alter defätistischer Säufer, der die Festung den Hessen ausliefern wollte und nur von Fähnrich Windt und dessen Freund Scharnhorst zurückgehalten wurde?
2. Graf Wilhelm, der Gründer der Inselfestung, hatte sechs goldene Miniaturkanonen vom portugiesischen König geschenkt bekommen. Lange nach Wilhelms Tod stellte sich heraus, daß angeblich sein Nachfolger sie durch billigere Imitate ersetzte hatte – wer war es wirklich?
3. Der Tod des Majors durch Ertrinken wurde nach dem Fund der Wasserleiche lapidar als Unfall dargestellt. Es gab aber diverse Interessen an seinem Verschwinden. War es ein gut verschleierter Mord?

4. In Schaumburg-Lippe diente ein Offizier namens Colson, der es bis 1787 zum Oberst gebracht hatte. Colson riet Major Rottmann während der Belagerung des Wilhelmsteins durch die hessischen Truppen erfolglos zur Kapitulation. Noch im gleichen Jahr, nach dem durch ein kaiserliches Urteil erzwungenen Rückzug der Okkupationsarmee, wird Colson hessischer Oberst. War er ein hessischer Spion und skrupelloser Profiteur?

Erläuterung
einiger in »Mord auf dem Wilhelmstein« verwendeter Begriffe und Namen

ARTILLERIE
Sie galt zu Graf Wilhelms Zeiten als die effektivste und berühmteste Waffengattung seiner kleinen Armee. Ihre Schlagkraft war weniger in der Qualität der Kanonen begründet als in der Beweglichkeit und Genauigkeit ihres Einsatzes durch die vorzüglich ausgebildeten bedienenden Soldaten. Geschütze und Stücke sind Synonyme für Kanonen, deren Größe sich nach der Schwere der zu verschießenden Kugeln bemaß. Daher stammen die Bezeichnungen Drei-, Sechs-, Zwölfpfünder etc. Mit einer Lafette ist das Gestell aus Holz oder Eisen bezeichnet, auf dem das Geschützrohr, aus Bronze oder Eisen gegossen, aufliegt und mit dem es in gewünschter Höhen- und Seitenrichtung fixiert wird.

BEMANNTE BALLONAUFSTIEGE
gab es ab 1783 in Frankreich mit Heißluft- und Gasfüllungen. Kurz danach wurden z. B. auch in Hannover und Hamburg solche Ballonfahrten durchgeführt.

BLINDE FISCHER
lebten tatsächlich im 19. Jahrhundert am Steinhuder Meer. Sie konnten sich gut auf dem großen Binnensee orientieren und gingen erfolgreich ihrer Arbeit nach.

COURTINEN
war die Bezeichnung für bestimmte Außenwerke, einzelne, leicht befestigte Inselchen mit kleinen Häusern. Sie lagen symmetrisch um den Kern der Befestigung, die Sternschanze, und hatten neben ihrer Verteidigungsfunktion verschiedene Aufgaben für das Leben innerhalb der Festung Wilhelmstein.

DIENSTGRADE
waren in der militärischen Hierarchie von ganz unten nach ganz oben: 1. Grenadier / Jäger / Kanonier / Karabinier / Kürassier –

je nach Waffengattung. 2. Kadett 3. Unteroffizier 4. Sergeant / Wachtmeister 5. Fähnrich 6. Leutnant 7. Hauptmann / Kapitän 8. Major 9. Oberstleutnant 10. Oberst 11. General 12. Generalfeldmarschall.

Eis, Strömungen, Wind
setzen der künstlichen Inselanlage des Wilhelmsteins bis heute mehr zu als menschliche Eingriffe. Die Sicherung der Inselsbasis war immer schon aufwendiger und kostspieliger als die Instandhaltung der Gebäude.

Graf Wilhelm
(1724–1777) war nicht nur Landesherr Schaumburg-Lippes von 1748–1777, sondern auch ein militärisches Universalgenie, entschiedener Vertreter und Theoretiker der Defensivstrategie, Kriegsgegner und Verächter des ohne zwingende Not betriebenen Kriegshandwerks. Er gewann außerhalb seines Landes mehrere Schlachten und reorganisierte die hannoversche Artillerie. In Portugal wehrte er 1762 mit dem von ihm neuformierten Heer den Einfall der spanischen Truppen ab. Der König von Portugal ehrte und belohnte ihn dafür, u. a. mit sechs kleinen Kanonen, deren goldene Rohre auf silberbeschlagenen Ebenholzlafetten montiert waren.

Krankheiten und Verletzungen
forderten oft mehr Opfer unter den Soldaten als die unmittelbare Waffeneinwirkung in Schlachten oder Gefechten. Die Gründe lagen in billigsten, rauhen Kleiderstoffen, mangelhafter Hygiene, unzureichender Ernährung und miserabler medizinischer Versorgung nach Verwundungen.

Scharnhorst
(1755–1813) war der mit Abstand berühmteste Offiziersschüler, der je auf dem Wilhelmstein ausgebildet worden war. Von 1773–1777 war er auf der Militärakademie Wilhelmstein, wurde 1777 zum Fähnrich befördert und ging ab 1778 in die Dienste des Kurfürstentums Hannover, wo er 1784 zum Leutnant avancierte.

Schokolade
war bis ins 19. Jahrhundert hinein ein Getränk, daß meistens erhitzt genossen wurde. Der Name Steinhudes steht auch für die wahrscheinlich erste Schokoladenmanufaktur (ab 1725) im Gebiet des Deutschen Reiches. Bereits vor der Regentschaft Graf Wilhelms genoß die dort nach holländischem Rezept produzierte Schokolade, die bis nach Italien exportiert wurde, einen ausgezeichneten Ruf.

Schokolade-Kaffee-Kontroversen
ähneln in vielem erbitterten Auseinandersetzungen, wie wir sie heute kennen hinsichtlich der behaupteten Schädlichkeit/Unschädlichkeit von Zucker, Fleisch, Kakao, weißem Mehl und immer mal wieder des Kaffees. Streit um die Wirkungen und mögliche Verbote von Nahrungs- und Genußmitteln waren bereits im 18. Jahrhundert länderübergreifend. Sie waren Teil eines Diskurses über Gefährdungen der menschlichen Gesundheit, der oft von ökonomischen Interessen überlagert, gesteuert und angefeuert wurde. Einerseits bescherten Sondersteuern auf Genußmittel zusätzliche staatliche Einnahmen und förderten privatwirtschaftliche Gewinne der diese Genußmittel herstellenden Unternehmen. Andererseits befürchtete man Müßiggang und die Einschränkung der Arbeitskraft. Daß der modische Genuß von Branntwein, Tabak, Kaffee und Schokolade die feinen Nerven angreife und den menschlichen Geist ruiniere, waren häufig geäußerte Auffassung in der aufklärerischen Gesundheitsdebatte des 18. Jahrhunderts.

Selbstbefriedigung
wurde im Jahrhundert der Aufklärung noch nicht wie später im 19. Jahrhundert als moralisch verwerflich oder gar als Geisteskrankheit bewertet, sondern vor allem als organische Gefährdung durch Verlust lebenswichtiger Säfte: Die Nerven wurden als enge Röhren aufgefaßt, in der eine sehr feine Flüssigkeit, fast geistig, auf und ab fließe. Wenn der heranwachsende Mensch zu viel dieses Saftes – aus dem auch der Samen sein soll – verliere, entziehe er sich die Nervenstärke. Lassen die Nerven allsdann nach, funktionierten unsere Körper nicht mehr, die Verdauung komme

durcheinander, und dann greife eine sich langsam ausbreitende Schwäche den Körper zerstörerisch an.

Spionage
von Seiten Hessen-Kassels, um Schaumburg-Lippe unter die Herrschaft des Landgrafen Wilhelm von Hessen-Kassel zu bringen, war nichts Neues. Bereits 1758 wurde der Bückeburger Regierungsrat von Lehmer als Spion enttarnt: Er hatte seit 1749 geheime Korrespondenzen mit der Regierung in Kassel geführt und diese über alle wichtigen Vorgänge in Schaumburg-Lippe auf dem Laufenden gehalten. Von Lehmer hatte sogar genaue Besetzungspläne für die Zeit nach dem Tode Graf Wilhelms ausgearbeitet. Mit der Enttarnung von Lehmers konnte der damalige Landesherr Graf Wilhelm nachdrücklich seine Verteidigungs- und Festungsbaupläne bekräftigen. In seiner Schrift »Gegen die hessische Invasion« hatte Graf Wilhelm, lange vor den Ereignissen von 1787, auch die dringende Notwendigkeit einer uneinnehmbaren Festung dargelegt.

St. Barbara
ist eine Heilige der katholischen Kirche und gilt quasi bekenntnisübergreifend unter anderem als die Schutzheilige der Artilleristen. Einheiten dieser Waffengattung der Bundeswehr feierten bis mindestens in die siebziger Jahre des letzten Jahrhunderts am 4. Dezember den Geburtstag dieser Märtyrerin mit variierenden Bräuchen.

Steinhuder Aufstand
hieß eine tagelange Arbeitsverweigerung der Steinhuder Einwohner 1762 während der Abwesenheit Graf Wilhelms. Die Steinhuder legten einige Tage lang die Arbeit für den Wilhelmstein nieder und erklärten, daß sie sich nicht zum Inselbau verpflichtet fühlen. Wenn sie wieder an die Arbeit gehen würden, wollten sie für die zu leistende Arbeit wesentlich mehr Geld haben. Nach der Rückkehr Graf Wilhelms wurde Steinhude empfindlich bestraft und der Bürgermeister abgesetzt.

Trockenlegung des Steinhuder Meeres
Das war keineswegs ein bloß militärischer Gedanke zur Eroberung des Wilhelmsteins, sondern eine schon zu Beginn des 18. Jahrhunderts ernsthaft erwogene Maßnahme zur Gewinnung von Land und landwirtschaftlich nutzbarer Fläche

Wilhelmstein
ist der Name für eine im Steinhuder Meer künstlich aufgeschüttete und bebaute Festungsanlage, die heute ca. ein Hektar Fläche umfaßt. 1761 erfolgte die Grundsteinlegung des Wilhelmsteins durch den Namensgeber Graf Wilhelm, 1765 war die künstliche Insel fertiggestellt. Sie bestand aus dem zentralen Festungswerk, der Sternschanze, auch Zitadelle oder Fort genannt, die von einem »Schlößchen« gekrönt wurde, in dem sich u. a. die Offizierswohnungen befanden. Dieses Hauptwerk war der eigentliche Wilhelmstein, der von 16 kleinen Außenwerken, den »Wilhelms Insuln«, wie sie damals hießen, umgeben wurde. 1767 stand die vollständige, starkbewaffnete Festungsanlage und die »Praktische Artillerie- und Genieschule« wurde eröffnet. Nach dem Tod Graf Wilhelms 1777 wurde die Militärschule aufgelöst, die Besatzung verringert und der Wilhelmstein zunehmend als Arrestquartier für Soldaten und Strafanstalt für schwere Verbrechen genutzt.

Windt
(1759–1844) kam im Alter von 15 Jahren als Kadett auf die Militärschule auf dem Wilhelmstein und bewohnte mit Scharnhorst ein Zimmer. Während der Belagerung 1787 diente er als Fähnrich auf dem Wilhelmstein und wurde nach dem Tod Major Rottmanns Leutnant und faktischer Kommandant der Festungsinsel.

Bodo Dringenberg
Hannover, im Mai 2007

Der Autor

Bodo Dringenberg, Jahrgang 1947, lebt seit 1972 in Hannover. Er veröffentlicht literarische Texte und sprachgeschichtliche Untersuchungen, schreibt für diverse Rundfunkanstalten und konzipiert kulturelle Veranstaltungen.